FINI DE RIRE, FILLETTE !

Liste alphabétique complète des

Romans d'Exbrayat

(Masque et Club des Masques)

	Masque	Club des masques
Aimez-vous la pizza ?	700	55
Amour et sparadrap	680	21
Les amours auvergnates	1001	506
Les amoureux de Léningrad	1061	157
Au " Trois Cassoulets "	1154	229
Avanti la musica	715	43
La balade de Jenny Plumpett	1481	
Barthélemy et sa colère	854	354
La belle Véronaise	1210	268
Les blondes et papa	727	126
Bye, bye, chérie	1330	562
Caroline sur son banc	1556	
Ce mort que nul n'aimait	625	133
Ces sacrées Florentines	1046	147
C'est pas Dieu possible	1308	544
Cet imbécile de Ludovic	674	85
Chant funèbre pour un gitan	1012	145
Le château des amours mortes	1608	
Chewing-gum et spaghetti	665	12
Chianti et Coca Cola	897	33
Le clan Morembert	1098	520
Le colonel est retourné chez lui	875	170
Les dames du Creusot	904	398
Le dernier des salauds	958	454
Des amours compliquées	1457	
Des demoiselles imprudentes	721	369
Des filles si tranquilles	1123	529
Deux enfants tristes	1423	555
Dors tranquille, Katherine	762	286
Les douceurs provinciales	1744	51
Elle avait trop de mémoire	583	27
En souvenir d'Alice	1469	
Encore vous, Imogène ?	753	118
Espion où es-tu ? M'entends-tu ?	1761	98
Et qu'ça saute !	1751	106
Félicité de la Croix-Rousse	1033	215
Les fiançailles d'Imogène	1176	197
Les filles de Folignazzaro	797	360
Fini de rire, fillette	1512	568
La haine est ma compagne	1634	
L'honneur de Barberine	1741	
La honte de la famille	831	478

	Masque	Club des masques
Il faut chanter, Isabelle	992	498
Imogène est de retour	706	110
Imogène et la veuve blanche	1406	571
Imogène, vous êtes impossible	801	140
L'inspecteur mourra seul	638	19
J'aimais bien Rowena	1345	575
Joyeux Noël, Tony	1768	63
Ma belle Irlandaise	1719	
Mandolines et barbouzes	1805	80
Marie de nos vingt ans	1380	
Méfie-toi, Gone!	741	67
Les menteuses	1141	223
Les messieurs de Delft	839	312
Mets tes pantoufles, Romeo	1713	
Mortimer, comment osez-vous?	969	294
Ne vous fâchez pas, Imogène	647	75
Le nez dans la luzerne	1597	
Notre Imogène	1070	165
La nuit de Santa Cruz	592	378
Olé! toréro	788	303
On se reverra, petite	824	47
Le petit fantôme de Canterbury	1392	
La petite fille à la fenêtre	1188	239
Plaies et bosses	919	59
Le plus beau des Bersagliers	779	88
La plus jolie des garces	1728	
Porridge et polenta	1291	345
Pour Belinda	975	393
Pour ses beaux yeux	1167	542
Pourquoi tuer le pépé?	1220	256
Le quadrille de Bologne	1821	102
Quand Mario reviendra	1240	318
Quel gâchis, inspecteur	814	39
Qui veut affoler Martine?	1278	336
Le quintette de Bergame	978	181
Le sage de Sauvenat	1667	
Sainte Crapule	1256	327
Le temps se gâte à Zakopane	1840	92
Ton amour et ma jeunesse	1227	247
Tout le monde l'aimait	1086	205
Trahisons en tout genre	1566	
Tu n'aurais pas dû, Marguerite	1430	
Un bien bel homme	1116	277
Un cœur d'artichaut	1536	487
Un garçon sans malice	1782	
Un joli petit coin pour mourir	1020	190
Une brune aux yeux bleus	935	71
Une petite morte de rien du tout	893	414
Une ravissante idiote	1827	114
Une vieille tendresse	1645	
Vous auriez pas vu la Jeanne, des fois?	1755	
Vous manquez de tenue, Archibald	872	384
Vous souvenez-vous de Paco?	616	5
Le voyage inutile	925	441

EXBRAYAT

FINI DE RIRE, FILLETTE!

LIBRAIRIE DES CHAMPS-ÉLYSÉES

CHAPITRE PREMIER

I

Une mince lumière parut dans le ciel, au-dessus du Crêt-de-la-Perdrix, mais il fallait être un expert pour savoir que cette clarté timide annonçait la naissance du jour. Gaillardet, lui, le savait d'instinct. Il s'étira, regarda — méprisant — ses compagnes toujours endormies, sortit à pas comptés dans la cour, grimpa sur une souche d'arbre avec gravité (c'était son allure, depuis qu'il avait pris conscience de ses responsabilités) et, s'étant concentré quelques secondes, lança un cocorico ! qui annonçait à Baroquier-la-Benoîte — village situé sur le plateau qui sépare le bassin de Saint-Etienne des « bons pays » déjà méridionaux s'échelonnant à partir de Bourg-Argental — que l'heure était venue de se remettre au travail. Gaillardet remit ça trois ou quatre fois car il se voulait un coq consciencieux, orgueil des Périers qui tiennent la ferme du Dru.

Le premier à répondre à l'appel de Gaillardet, était Prosper Maîche, le garde des eaux et forêts. Un homme sombre, dans la force de l'âge et qui vivait seul dans une maison isolée. En dehors de ses heures de service, il y cultivait un jardin où il faisait surtout pousser les fleurs qui consentaient à sortir de terre pour un temps très court dans ce pays trop haut où l'on récoltait essentiellement des choux et des pommes de terre. En dépit de son aspect sévère, Prosper possédait une âme tendre dont les déboires sentimentaux avaient longuement alimenté la chronique du patelin. Quand il comptait encore parmi les jeunes gens à marier, celle qu'il avait choisie lui en avait préféré un autre, les fiançailles pourtant célébrées. Ensuite, ce fut l'histoire de la veuve de guerre avec qui Prosper s'entendait bien. Il eut été sûrement très heureux en la compagnie de cette femme courageuse. Le Bon Dieu n'avait pas voulu. La veuve mourut un mois avant le mariage. Obstiné, Maîche ne renonça pas et quatre ans plus tard crut enfin à sa chance lorsque Valérie — une demoiselle de magasin qui prenait ses vacances, chaque année, à Baroquier-la-Benoîte — envisagea de l'accepter pour époux. Hélas ! Valérie était une volage et le jour même de ses noces, on apprit qu'elle avait fichu le camp avec un qui faisait le transport entre Saint-Etienne et Troussis, le chef-lieu du canton. Depuis, Prosper s'était enfoncé dans une sorte de misogynie qui le faisait répondre par un grognement aux salutations féminines. Il n'aimait pas davantage les hommes. Le seul être auquel Maîche conservait quelque estime était son chien, Dagobert, un corniaud de belle taille dont l'origine posait des problèmes que personne n'avait jamais résolus. Selon un cérémonial strictement observé depuis sa dernière aventure matrimoniale, sitôt debout, Prosper se lavait rapidement, se rasait un jour sur deux, enfilait sa culotte et ses bottes avant de sortir et de gagner le terre-plein d'où il dominait tout le pays. A droit le village, distant d'un kilomètre. A gauche, l'immense manteau de sapins recouvrant le relief de la commune. Quel que fut le temps, le garde montrait le village à Dagobert, en disant :

— Tous des salauds...

Puis, se tournant, il tendait le bras en direction de la forêt, de ses combes, de ses crêtes et confiait au chien :

— Là, y a pas de salauds.

Cette courte et simplette leçon de philosophie adressée chaque matin à Dagobert, permettait à Prosper de prendre son café le cœur en paix.

*
* *

La seconde à ouvrir un œil dans la commune était Agathe Antrain, une petite femme de 73 ans, sèche comme un pruneau et qui ressemblait plus à une branche de bois mort qu'à une créature née pour le bonheur des hommes. On la craignait et on l'aimait Agathe, à Baroquier-la-Benoîte. On l'aimait parce qu'on la savait capable de tous les dévouements en dépit de sa grogne perpétuelle. On la craignait parce qu'elle était la bonne du curé et nul n'ignorait qu'elle avait son franc-parler aussi bien avec son maître qu'avec le maire ou les gendarmes. Rien ne pouvait intimider Agathe Antrain. Il faut reconnaître que l'existence ne lui avait pas été facile. Mariée très jeune à un roulier qui, dès le lendemain de ses noces rentrait ivre et se mettait à cogner sur son épouse, pendant près de trente ans, Agathe avait vécu un véritable enfer jusqu'au jour où le Bon Dieu miséricordieux poussa, d'une pichenette, Joseph Antrain, complètement saoul, sous son camion. Veuve, Agathe commença à vivre. Dégoûtée des hommes, sans enfant, elle cherchait un endroit où elle pourrait mener une vie tranquille, mais où elle commanderait toutefois un peu, car elle avait soif d'ordonner elle qui avait toujours obéi. Ces Messieurs de l'Evêché, parfaitement renseignés sur son compte, jugèrent qu'elle ferait une excellente servante de curé. En foi de quoi, ils l'expédièrent à Baroquier-la-Benoîte dont l'abbé Jules Quettehou venait d'occuper la cure. Il y avait vingt-trois ans de cela et pendant vingt-trois ans Jules et Agathe disputés quotidiennement sans pouvoir se passer l'un de l'autre plus de quelques heures. Agathe adorait son curé et celui-ci avouait ne pas savoir ce qu'il deviendrait si le Ciel le privait de son Agathe.

La vieille servante se lavait dans la cuisine, se peignait, avalait, debout, une tasse de café sur lequel l'eau avait déjà passé trois jours de suite. Pour son maître, elle prenait la débeloise(1) y laissait tomber le café fraîchement moulu et y faisait couler par petites quantités une eau qu'elle empêchait de bouillir. Elle entrait — généralement sans frapper — dans la chambre du curé et écartait brutalement les rideaux de la fenêtre au moment précis où Gédéon — une sorte d'innocent que Baptiste Essoyes, le cafetier, nourrissait, habillait et employait à de menus travaux — sonnait l'annonce de la messe avec un entrain que rien ne ralentissait jamais. Comme tous les matins, Agathe grogna :

— Il va finir par la décrocher la cloche, ce niguedouille ! et elle lui tombera sur la tête !

Du lit, la voix profonde du curé lui arriva en réponse :

— Femme de peu de foi ! Tu sais parfaitement que Gédéon est un simple et que Dieu aime, plus que toutes les autres, Ses Créatures qui n'ont pu sortir de l'enfance.

Pendant que Gédéon s'en donnait à cœur joie avec la cloche dont le chant faisait se hâter les bigotes vers l'église, l'abbé Quettehou buvait tranquillement son café. Agathe le regardait, le sourcil froncé. Pas un très joli spectacle. Sous le drap, le ventre de son maître faisait une belle bosse et sur l'oreiller le visage aux traits lourds, congestionné, le nez important et couperosé disaient assez le goût prononcé pour le jus de la treille. Comme M. Quettehou, son café avalé, se renfonçait

(1) Cafetière.

sous les draps, la bonne partit à l'assaut, le premier de la journée :

— Et alors ? Vous entendez pas la cloche ? Des fois que vous pensez qu'on va célébrer l'office sans vous ?

— Je suis très fatigué, Agathe...

— Si vous buviez un peu moins...

— Toujours tes calomnies, hein ?

— Un homme de Dieu qui a le front de mentir ! Vous êtes rentré tellement fatigué, comme vous dites, hier soir, que j'ai dû vous déshabiller et vous mettre au lit !

— Tu exagères...

— J'exagère, hein ? et si je vous racontais que vous devriez vous acheter des caleçons que les vôtres ils sont troués, que c'en est une pitié... Par les trous, on voit tout ce que le Bon Dieu vous a donné !

— Agathe, tu devrais avoir honte ! Je ne me sens plus en sûreté avec toi ! tu laisses paraître des appétits qui me scandalisent et m'inquiètent !

La servante se pliait en deux tellement elle riait.

— Ecoutez-le ! ça ressemble à une vache prête à vêler et ça se croit ! à son âge !

— Fiche-moi le camp ! Un de ces jours, je me fâcherai pour de vrai à cause de tes insolences, de ton manque de respect et je t'enverrai à l'hospice de Troussis !

A chaque fois, elle se laissait prendre. Elle demanda d'une voix tremblante :

— Vous feriez ça... ?

— Si je ne peux plus te supporter...

Elle restait là, plantée au milieu de la pièce, les bras ballants. Le curé en chaussettes et caleçon, posa son bras sur les épaules de la vieille femme.

— Alors, tu ne comprends plus la plaisanterie, Agathe ?

— Vous le pensez pas, hein, ce que vous avez dit ?

— Qu'est-ce que je deviendrais sans toi ?

Un sourire lumineux éclaira le vieux visage ridé. Chevrotant un peu, Agathe soupira :

— Vous êtes pas tant mauvais, dans le fond... Si seulement, vous buviez un peu moins.

— C'est vrai que je bois trop, mais je ne pense pas que le Seigneur m'en tienne rigueur lorsque le moment sera venu pour moi de comparaître devant Lui.

— Vous arrangez toujours bien les choses, vous !

— Dieu n'en a pas voulu à Noé, souviens-toi ? Pourquoi se montrerait-il plus sévère avec moi ? Il n'y a aucune raison ! D'accord, je ne donne pas un très bon exemple, mais je crois que mes paroissiens m'aiment comme je suis... Et puis quoi ? tu préfèrerais que je coure les filles ?

— Manquerait plus que ça ! En tout cas, faudrait les courir ailleurs qu'ici parce que tant que j'aurai la force de tenir mon balai, pas une créature ne mettra les pieds chez nous !

— Serais-tu jalouse ?

— Bien sûr que je suis jalouse ! Je vous soignerais, je vous dorloterais et une autre... Ah ! rien que d'y penser le sang me bout !

Les ultimes efforts de Gédéon cramponné à la corde de la grosse cloche, firent se hâter le curé qui se contenta d'avertir sa servante :

— Par moments, ma pauvre Agathe, je me demande si tu ne deviens pas un peu rabâcheuse des fois ? Et puis, fiche-moi donc le camp que je finisse de m'habiller ! Elles sont capables de déclencher la révolution si je tarde encore !

*
* *

Contrairement à ce qu'on aurait pu attendre d'un homme de son état, l'abbé était de mauvais humeur chaque matin, quand sortant de la sacristie, il entrait dans le chœur de son église et jetait un coup d'œil sur l'assistance. Une assistance clairsemée... Sept ou huit femmes, fort âgées pour la plupart, toutes vêtues de noir, la tête enveloppée dans un châle sombre et dont les silhouettes funèbres éparpillées à travers la nef faisaient penser à des cyprès. Tandis qu'il les bénissait du geste rituel répété depuis tant et tant d'années, le prêtre marmonnait : « Seigneur... Tes légions s'amenuisent et pour ne rien Te cacher, elles rappellent plus les débris de l'armée de Bourbaki que les triomphantes cohortes célestes... Si ça continue de la sorte, nous aurons du mal, Toi et moi, à tenir le coup... »

A Baroquier-la-Benoîte, on communiait encore à l'ancienne manière et que ça plut ou non à ses supérieurs, voire à Sa Sainteté, Jules Quettehou n'aurait jamais accepté les nouvelles façons que les évêques progressistes avaient imposées pas plus qu'il n'avait consenti à troquer la soutane qu'il portait depuis plus de quarante ans contre le costume de n'importe qui. Les vieilles s'étaient agenouillées maladroitement devant la table de communion et toutes ces pauvres bouches édentées aux lèvres frippées, attendrissaient le prêtre qui pensait aux oisillons réclamant, de leur mère, la nourriture quotidienne. Mais Jules s'irritait aussi de ces communions quasi journalières réclamées par des créatures si simplettes de cœur, qu'elles se trouvaient dans l'impossibilité de pécher. Il y découvrait la preuve évidente de la faillite de son enseignement, ses paroissiennes donnant dans le fétichisme et la superstition. Le nombre d'hosties avalées leur paraissait autant de garanties quant à l'indulgence divine à leur égard.

Un peu avant l'Agnus Dei, Agathe se glissait à sa place et paraissait s'abîmer dans une prière fervente. Mais M. Quettehou la connaissait trop bien pour ne pas savoir qu'à travers ses doigts joints devant sa tête inclinée, elle épiait ses compagnes. Agathe ne communiait jamais et lorsque son maître lui en faisait reproche, elle répondait que rester au service de M. l'Abbé lui assurait une montagne d'indulgences et qu'elle ne voyait donc pas la nécessité d'aller tenter d'en gagner autrement.

A la sacristie, le curé ayant soigneusement rangé les instruments du culte, était en train d'ôter sa chasuble rouge — correspondant à la fête de Saint-Pothin qu'on célébrait en ce mardi 2 juin — et détachait les cordons de son aube lorsqu'une grande et assez belle femme d'une trentaine d'années poussa timidement la porte.

— Je t'attendais Maria... Je t'ai aperçue tout à l'heure et ce n'est pas dans tes habitudes, hein ?

Gênée, elle s'excusa :

— A cause de mon commerce, n'est-ce pas...

— Ouais... Tu préfères vendre des poireaux et mettre des sous de côté plutôt que de te réserver une place de choix pour l'éternité, enfin, c'est ton affaire... Et qui tient l'épicerie, ce matin, puisque te voilà ?

— Paul.. Du moins, je l'espère.

M. Quettehou enleva son aube et la plia soigneusemennt en demandant :

— Qu'est-ce qui ne va pas, Maria ?

Agathe entra à son tour et l'épicière répondit :

— J'aimerais vous parler en tête à tête, Monsieur le Curé.

Agathe vint se camper devant la visiteuse.

— Qu'est-ce que t'as donc à dire que je dois pas entendre, Maria ? Je te connais depuis assez longtemps pour être sûre que tu peux rien faire de mal et que c'est de la faute à personne, même pas de la tienne, si t'as épousé un idiot !

En réponse, l'épicière fondit en larmes et l'abbé cria :

— Tu es contente, maintenant ?

— Ne vous tracassez pas, ça la soulage !

Sur ce, elle s'en fut prendre la jeune femme dans ses bras, l'embrassa sur les deux joues.

— Allez, ma grande, reprends-toi... Je me doute pourquoi que t'es là... mais le curé, il est pas au courant, il faut y parler.

A travers ses larmes, Maria murmura :

— C'est à cause du Paul...

— Bon, vas-y, je t'écoute.

— Il me prête plus attention !

— Qu'est-ce que tu racontes ?

— A la maison, c'est comme si il me voyait pas... Il me cause jamais et la nuit... c'est difficile de vous expliquer ça à vous, Monsieur le Curé... mais c'est comme si j'étais toute seule dans mon lit et j'ai que 32 ans...

Le prêtre s'emporta.

— Nom d'un chien de nom d'un chien ! vous ne pensez donc qu'à ça ? Votre âme, vous ne vous en souciez pas, y a que votre corps qui compte ! et tu as le toupet de venir m'embêter avec tes sales histoires ? Mais Seigneur, que veux-tu que j'y fasse ? Tu penses pas que je vais menacer ton mari des flammes de l'enfer s'il ne remplit pas plus souvent son devoir conjugal ?

— En enfer, il y est déjà !

— Tu es folle ou quoi ?

— A cause de cette petite garce de Marguerite Touques !

— Allons bon ! qu'est-ce qu'elle vient faire là-dedans, Marguerite ?

— Elle lui a mis le feu dans le sang ! Il pense qu'à elle ! Il rêve de coucher avec elle ! et moi, je vous jure, que s'ils le font, lui je le petafine (1) et elle je me la tue !

M. Quettehou, de rouge passa au violet. Il attrapa Maria Evre par le bras et la secoua comme les gosses

(1) Détériore.

secouent la branche d'un prunier pour en faire tomber les prunes, en hurlant :

— Et tu as le culot !... Seigneur, c'est pas possible que Vous permettiez des choses pareilles ! Alors, sous prétexte que ton mari te néglige un peu, tu te permets de salir une gamine qui... Tiens, tu mériterais que je te calotte, espèce de maldisante !

Et il l'aurait fait si Agathe ne l'avait retenu en grondant :

— Allons, Monsieur le Curé... rappelez-vous qui vous êtes et où vous êtes !

Jules respira profondément et décréta d'une voix rauque :

— Qu'elle s'en aille, vite !

Avant de quitter la sacristie, Maria indignée lança au prêtre :

— J'aurais jamais cru que vous prendriez le parti du vice ! Peut-être que vous vous rendez plus compte où est le bien ou le mal à cause de trop boire ?

Agathe se cramponna de toutes ses forces à la soutane de son maître qui se disposait à sauter sur l'épicière pour la corriger. Elle réussit à l'obliger à s'asseoir.

— Vous avez pas honte, vous, un serviteur de Dieu, de vous mettre dans des états pareils ?

— Tu l'as entendue, cette mauvaise !

— Je la connais bien la pauvre Maria... Elle est pas mauvaise, elle est malheureuse. C'est vrai que son époux se soucie d'elle comme d'une guigne.

— Qu'est-ce que tu veux que j'y fasse ?

— Que vous parliez sévèrement à Paul Evre, parce que, que ça vous plaise ou pas, Maria a raison... Son mari est amoureux fou de Marguerite Touques, votre protégée et qui est, que vous l'admettiez ou pas, une foutue garce !

Ceux qui passèrent à ce moment-là près de l'église se demandèrent ce qui pouvait se dérouler à l'intérieur d'où parvenaient cris et menaces. Puis, ils haussaient les épaules et commentaient en souriant :

— L'Agathe et son curé sont en forme.

*
* *

C'est la faiblesse des cœurs bons de ne jamais admettre qu'ils aient pu avoir été trompés par ceux en qui ils avaient confiance. M. Quettehou refusait d'ajouter foi aux propos de sa servante. Pour lui, Marguerite Touques demeurait la Première Communiante au regard si clair et qui, de tous les gosses du pays, s'affirmait la plus douée pour les études. Il avait presque obligé ses parents à laisser leur fille aller à Saint-Etienne suivre des cours de sténo-dactylo et en attendant qu'elle trouvât une place intéressante, il avait demandé au maire — le très revêche Valentin Meslay — de la prendre en qualité de secrétaire de mairie. Elle remplissait ses fonctions à la satisfaction générale. Il n'y avait que l'élément féminin qui témoignait quelque hargne à l'égard de Marguerite. Ses contemporaines ne lui pardonnaient pas sa beauté, son élégance et sa certitude d'échapper un jour prochain à Baroquier-la-Benoîte. Ses aînées lui en voulaient de sa désinvolture et de l'espèce de mépris discret qu'elle affichait à leur endroit.

En abandonnant la sacristie, M. Quettehou sentit le besoin de se réconforter et d'entamer la lente processions des « canons » qu'il allait absorber l'un après l'autre, au gré des rencontres, pour apaiser une soif inextinguible. Malheureusement, pour l'abbé, sa bourse n'était pas à la hauteur des dépenses nécessaires à l'assouvissement de son vice. Pour remédier à cette carence, il avait une méthode très personnelle. Il avisa le cafetier, Baptiste Essoyes, qui revenait de son jardin avec un panier plein de salades et de carottes nouvelles, et le héla :

— Hé ! Baptiste !

Le cafetier s'approcha :

— Dis donc, Baptiste, est-ce que tu ne te cacherais pas de moi ?

— En voilà une idée, Monsieur le Curé !

— Peut-être que tu ne tenais pas à ce que je te demande pour quelles raisons tu n'es pas venu à la messe, dimanche, le jour de la fête du Saint-Sacrement ?

— Je vais vous expliquer...

— Pas dans la rue, Baptiste ! Le Bon Dieu, quand on parle de Lui ou de Son service a droit à plus d'égards, ne l'oublie jamais !

Résigné, Essoyes soupira :

— J'ai compris... Allez, amenez-vous, Monsieur le Curé, on va boire la chopine.

— Et je tâcherai de te rabibocher avec le Seigneur !

Quand elle les vit entrer, la Germaine Essoyes, une solide approchant de la quarantaine, et n'ayant pas sa langue dans sa poche, s'exclama :

— Té ! Monsieur le Curé ! Si vos paroissiens vous étaient aussi fidèles que vous nous l'êtes, Monseigneur vous féliciterait ! Mais vous en seriez pas plus riche pour autant.

— Il ne faut pas toujours penser à l'argent, Germaine. L'argent est une saloperie qui dessèche le cœur et gâte le teint. Ça serait dommage en ce qui te concerne parce que tu as su garder ta peau claire de fillette.

Germaine se mit à rire.

— Comme enjôleur, vous alors ! Allez, buvez-la votre chopine et qu'elle vous tienne en santé... On voudrait pour rien au monde perdre un curé comme vous ! On pourrait pas vous remplacer...

En sortant du café, M. Quettehou se dirigeant vers la cure rencontra son ami Bernard Lussan, le boucher, son conscrit et le seul du village qui le tutoyait.

— Mon vieux Bernard, il me semble que je ne t'ai...

L'autre lui coupa la parole :

— Inutile de te fatiguer, Jules. Ce coup-ci, je marche pas. Je te paierai pas une chopine pour te donner le motif de mon absence à la messe de dimanche... C'est un jour sec, mon gros, et j'ai pas envie d'être couillonné... A une autre fois, et sans rancune !

Regardant s'éloigner son ami, M. Quettehou hocha douloureusement la tête en geignant :

— La foi se perd... Sans vous commander, vous devriez y prendre garde, Seigneur.

Déprimé, le curé de Baroquier-la-Benoîte eut recours à son remède habituel lorsque les choses n'allaient pas ainsi qu'il le souhaitait : il s'en fut se promener à travers les champs pour lire son bréviaire. Des vaches paisibles le suivirent de leur bel œil vide. L'abbé aimait ces grands ruminants à la lenteur hiératique. Au milieu d'un troupeau, il se sentait très à l'écart du monde et de ses fureurs. En écoutant le bruit régulier des mastications incessantes, il sentait une paix profonde l'imprégner. Il caressa le mufle baveux de l'une d'elles et murmura :

— Si mes paroissiens étaient aussi simples que vous...

Après une bonne marche qui lui avait rendu un parfait contrôle de lui-même, l'abbé reprit la direction de sa cure. En arrivant à quelques centaines de mètres du village, il rattrapa la Stéphanie Aniane, son aînée de deux ou trois ans, une vieille fille qui en voulait au monde entier de n'avoir pu retenir l'attention d'un homme. Elle se vengeait en surveillant les unes et les autres dans l'espoir de trouver de quoi appuyer ses racontars et ses calomnies. Ce matin-là, la Stéphanie était d'humeur plus acariâtre encore que d'ordinaire. Jules commit la faute de ne point s'en apercevoir et aborda gaiement la plus hargneuse de ses ouailles.

— Alors, Mademoiselle Stéphanie, on revient d'un rendez-vous galant ?

Elle s'arrêta pile en fixant son interlocuteur, grinça :

— Vaudrait mieux ne pas me prendre pour ce que je ne suis pas ! Moi, je sais me tenir !

— Voyons, Mademoiselle Stéphanie, je plaisantais, vous devriez vous en douter ? Votre vertu nous est connue.

— Elle vous est connue et c'est sans doute pourquoi vous me haïssez tous !

— En voilà des idées !

— Je sais de quoi je parle ! Les femmes qui se conduisent bien, qui ont le respect de leur personne, on rit d'elles, tandis que tout le monde admire ou envie cette petite saloperie de Marguerite Touques qui va traîner dans les bois avec n'importe qui !

— Et la charité, Mademoiselle Stéphanie ?

— Je m'en fiche de la charité, vous entendez ? Je m'en fiche ! et personne, pas même vous, ne m'empêchera de proclamer que la fille des Touques est une roulure !

La moutarde monta au nez de Jules.

— Stéphanie, vous allez vous taire ou vous aurez affaire à moi d'abord, aux gendarmes ensuite !

— Ça y est ! vous aussi vous la défendez ! Décidément, les hommes sont partout les mêmes, aussi cochons, qu'ils portent pantalon ou soutane !

— Vous devriez avoir honte de cancaner de la sorte !

— Et vous qui vous prétendez au service de Dieu, au lieu de vous attaquer à celles qu'ont rien à se reprocher, vous feriez mieux de donner l'exemple !

— Ça veut dire quoi cette dégoûtation ?

— On n'ignore pas les abominations qui se passent à la cure ! d'ailleurs, c'est pas étonnant quand on entretient une Messaline sous son toit !

M. Quettehou en eut le souffle coupé.

— Sous mon toit ? mais il n'y a qu'Agathe !

— Justement !

La Stéphanie se trouvait déjà loin, remuant son

pauvre derrière d'une façon qu'elle espérait insolente et qui n'était que pitoyable. Le curé fut pris d'un rire inextinguible, qui lui laissa cependant un goût de cendre dans la bouche. Il se remit en marche presque avec peine. Lorsqu'il atteignit le carrefour des chemins vicinaux où se dresse une croix de mission, il s'agenouilla :

— Mon Dieu... Donnez-moi la force... Je n'en peux plus... Ils m'écœurent tous tant qu'ils sont ou presque... Seigneur, j'ai peur de ne plus les aimer si Vous ne venez pas à mon secours... Ces haines... ces jalousies... ces appétits bestiaux... mais enfin, qu'est-ce qu'ils ont ? Comment faut-il m'y prendre pour les rappeler à la pudeur ? La petite Marguerite... Qu'est-ce qu'ils ont après cette enfant ? Il n'est pas vrai, n'est-ce pas, qu'elle ressemble à ce qu'ils disent ? La Stéphanie, c'est une teigne, mais la Maria Evre est une bonne femme... Alors ? Je ne sais plus... Vous comprenez, mon Dieu que j'ai des excuses de boire une chopine de temps en temps — oui, enfin, un peu plus souvent, d'accord... — pour tenir le coup sinon je déserterais Votre combat pour me réfugier dans un couvent !

*
* *

Les électeurs de Baroquier-la-Benoîte avaient choisi Valentin Meslay pour maire, parce qu'il était un des plus intelligents du pays (il possédait son brevet élémentaire) et un des plus estimés. Sous ses airs rébarbatifs, il cachait un cœur d'or dont sa femme Eugénie, à la quarantaine florissante, et sa fille Josette, une grosse toujours prête à s'amuser — en toute honnêteté s'entend — ne cessaient de porter témoignage. Ceux qui ne connaissaient pas Valentin se sentaient terriblement intimidés par son regard enfoncé dans les orbites qu'ombrageaient des sourcils touffus. Grand, maigre, solide, Monsieur le Maire s'en allait d'une allure paisible vers la cinquantaine. En voyant Jules, il sourit :

— Vous ne venez pas me faire le coup de la chopine, Monsieur le Curé ?

— Non... Je suis ennuyé, Valentin...

— De gros ennuis ?

— Les plus gros qu'un prêtre puisse connaître.

— Si je peux vous aider ?

— Je sais, Valentin, je sais... Tu es un vrai chrétien, seulement dans l'histoire, je ne crois pas que tu me sois d'un grand secours... Il s'agit de Marguerite.

— De Marguerite Touques ?

— Tout juste... et où est-elle, à propos ?

— Elle m'a demandé sa matinée de congé, je ne pourrais pas vous dire pourquoi. Qu'est-ce que vous lui vouliez ?

— Elle m'inquiète, cette petite... J'ai peur de m'être trompé en te priant de l'engager en qualité de secrétaire de mairie.

— Je n'ai pas à m'en plaindre... Elle fait son travail et elle le fait proprement... Ses dossiers sont en ordre... Moi, je trouve qu'elle est parfaite

— Pourtant, l'opinion, à Baroquier-la-Benoîte, se montre plutôt sévère à son endroit... On raconte qu'elle ne se conduit pas de façon honnête... avec les hommes.

Le maire haussa les épaules.

— Vous devez en écouter assez en confession, Monsieur le Curé, pour ne pas vous étonner de toutes les saloperies qu'on débite sur celui-ci ou celle-là... Ce que fabrique la Marguerite en dehors de mon bureau, ça ne me regarde pas ; seulement, elle est jeune, jolie, élégante et les autres femmes ne le lui pardonnent pas.

— Ah ! ces langues... Tu as peut-être raison. Je compte quand même sur toi, Valentin, pour demander à Marguerite de s'arranger pour qu'on ne jase pas trop.

Qu'elle se montre plus modeste dans ses propos, dans ses vêtements, dans son allure.

— J'essaierai, mais elle risque de me répondre de m'occuper de mes afffaires... C'est une fille instruite, alors elle nous considère un peu comme des sous-développés.

— Je me charge de lui rabattre son caquet, si je la rencontre !

*
* *

En poussant la porte du rez-de-chaussée de la cure qui donnait sur une sorte de court vestibule, M. Quettehou cria :

— Me voici, Messaline !

Agathe apparut sur le seuil de la cuisine, une cuillère à pot à la main.

— C'est pas trop tôt que vous vous soyez décidé à rentrer. D'un peu plus, mon coq au vin il allait plus avoir de sauce !

— Alors, ne perdons pas de temps, ma vieille.

Le curé et sa bonne mangeaient en tête à tête depuis toujours. Ils commencèrent par une salade de pissenlits au lard, vinaigrée juste à point. Avant de se lever pour aller chercher le coq au vin, Agathe demanda :

— Vous m'avez appelée d'un drôle de nom, tout à l'heure ?

— Messaline.

— Qui c'est, celle-là ?

— Une Romaine qui a laissé son nom dans l'histoire parce qu'elle couchait avec tous les hommes qu'elle rencontrait et se livrait à toutes les débauches possibles et imaginables.

— Oh ! Et vous osez, vous, me confondre avec une pareille créature !

— Pas moi, la Stéphanie Aniane.

M. Quettehou raconta à Agathe sa rencontre avec Stéphanie et, pour elle, résuma les propos échangés. La servante ne fit aucun commentaire. Elle se leva et s'en fut prendre le solide bâton de noisetier qui lui servait à battre les tapis.

— Servez-vous du coq au vin et laissez le reste au chaud pour quand je reviendrai.

— Où vas-tu donc ?

— Caresser les côtes à la Stéphanie !

— Reste ici !

— Non !

— Agathe, je t'ordonne de ne pas sortir !

— Je sortirai !

— Agathe ! As-tu oublié que le Seigneur a dit : si on te frappe sur une joue, tu dois tendre l'autre ?

— C'est pas mon genre !

— Ne te rappelles-tu pas qu'il a été dit aussi : « Malheur à celui par qui le scandale arrive ? »

— Trop facile ! Alors, cette gaupe pourrait se permettre de salir les honnêtes gens ? Je vas y causer du pays et pas plus tard que tout de suite !

— Fais à ta tête, mais je t'avertis que si tu franchis le seuil de la maison, je téléphone aux gendarmes !

La menace calma la bonne femme.

— Vous oseriez ?

— Prêtre de la paroisse, je ne peux admettre que les gens s'y conduisent à la façon de bêtes sauvages ! A ton âge, vouloir te battre ? Tu dois être devenue folle ?

Agathe reposa son bâton.

— Vous me faites perdre l'honneur, mais vous vous en fichez ! Et tout ça par la faute d'une saleté de Stéphanie que le manque d'homme a rendu aux trois-quarts gâteuse !

— Ma pauvre Agathe, je me demande ce que le Bon Dieu vous a mis sous les robes à vous autres femmes ! pour moi, ça doit être un peu du feu de l'enfer !

La vieille ricana :

— Alors, c'est sans doute pour ça que le Bon Dieu, il vous a collé un tisonnier où je pense et des cornes sur la tête !

— Tais-toi, donc, impudique ! Tu agirais mieux en apportant le coq au vin au lieu de déparler !

Quelques instants plus tard, après qu'il eut savouré sa première assiette avec une ferveur faisant frétiller d'aise la cuisinière sur sa chaise, M. Quettehou déclara en levant les yeux au ciel tandis que sa servante remplissait à nouveau son écuelle :

— Tu vois, mon Agathe, je ne comprendrai jamais qu'il puisse y avoir tant de méchantes gens sur la terre alors qu'il y a de si bonnes choses à manger...

II

Monsieur le Curé dégustait des poires au vin lorsque la clochette de l'entrée vigoureusement maniée obligea la servante à sortir de table. Elle revint vite pour annoncer :

— C'est la Marthe Périers du Dru qui dit qu'il faut qu'elle vous voie sans perdre de temps.

Jules s'essuya doucement les lèvres, but une gorgée et ordonna :

— Demande-lui s'il y a quelqu'un en péril de mort dans son entourage.

Agathe effectua un nouvel aller et retour :

— Il paraît que c'est presque quasiment ça.

— Bon, eh bien ! moi j'ai presque quasiment fini, alors que cette bavarde attende un moment.

Quand l'abbé eut vraiment terminé son rapas, il bourra et alluma sa pipe avant d'envoyer chercher la visiteuse.

La Marthe était une belle créature qui venait juste de franchir le seuil de sa quarante-cinquième année. Très brune de cheveux et de peau, sa lèvre supérieure s'ornait d'une ombre légère. M. Quettehou avait de l'estime pour elle parce qu'elle tenait bien sa maison et ne clabaudait guère sur les gens du village.

— Alors, Marthe, qu'est-ce qui t'arrive pour que tu essaies de me troubler la digestion ? C'est ton mari qui t'envoie ?

— Non, il est pas au courant, sinon il me lancerait les mille malédictions... Vous le connaissez, hein ? pas causant pour un sou... Toujours refermé sur lui-même, on croirait qu'il a sans cesse le babaud(1)... Non, je suis là pour mon garçon.

— Emile ? Il a commis une sottise ?

— Pire, Monsieur le Curé, il veut se périr !

— Qu'est-ce que tu me chantes là ?

— La vérité vraie du Bon Dieu, je vous le jure !

— Et ça l'a pris depuis longtemps ?

— Un an au moins, mais depuis quelques jours, ça va de pire en pire !

— Qu'est-ce qu'il en pense l'Auguste ?

— Il répond que son fils, il a qu'à se purger, ça lui passera.

— Un point de vue très particulier... Il est malade, votre Emile ?

— Si on veut.

— Qu'est-ce que cela signifie : si on veut ?

— Qu'il est pas malade comme les autres. Lui, ça le tient dans le dedans et au ciboulot.

— A toi, sa mère, il n'a pas confié ce qui le turlupine de cette façon ?

— Oh ! si...

— Seigneur ! Pourquoi ne me le dis-tu pas ?

— Dame ! parce que vous me l'avez pas demandé.

— Maintenant, Marthe, tu me l'apprends ce qu'il a ton fils et pour quelles raisons il entend mettre fin à ses jours, cet imbécile ?

(1) Le cafard.

— Il aime trop la fille des Touques.
— Marguerite ?
— Oui.
— Elle commence à me casser les pieds, celle-là !
— Vous avez raison, une pas grand-chose, la Touques !
— Tais-toi ! ne médis pas du prochain ! Quand on a un rejeton à moitié idiot qui a le culot de prétendre se suicider, ce n'est vraiment pas le moment de se fâcher avec le Seigneur en ne respectant pas Sa loi ! Il lui a avoué qu'il l'aimait ?
— Oui, mais elle lui a rigolé au nez ! D'ailleurs, c'est pas une femme pour Emile. Elle a trop d'instruction et puis, elle est en main.
— En voilà une expression !
— Tout le monde sont au courant dans le pays, Monsieur l'Abbé !
— Eh bien ! pas moi et je refuse de savoir ! Si Marguerite ne veut pas de ton Emile, qu'est-ce que tu espères que j'y changerai ?
— Rien. D'ailleurs, nous autres, on souhaiterait pas un gendresse pareille !
— Dans ce cas...
— Seulement, y a l'Emile... Il doit partir au régiment le mois prochain. Il est sûr qu'elle sera mariée quand il reviendra et qu'elle lui échappera pour toujours...
— Et alors ?
— Notez que moi, Monsieur le Curé, ça me causerait plutôt du plaisir qu'on n'entende plus parler de cette fille. Malheureusement, mon Emile, il veut se détruire et je peux pas supporter cette idée !
— En tout cas, il n'est pas encore mort !
— Parce qu'il hésite. Il sait pas s'il tuera Marguerite avant de se tuer ou s'il s'en ira tout seul.
— Et tu me racontes ces stupidités, ces monstruosités, comme s'il s'agissait d'une partie de pêche ou de la

cueillette des barabans ! Tu me flanquerais la trouille avec tes racontars ! Agathe, je m'en vais chez les Périers. Si quelqu'un veut me voir, tu répondras que je serai de retour d'ici une heure. Allez, amène-toi, Marhe. On a que trop perdu de temps !

Dans la salle basse, M. Quettehou et Marthe trouvèrent Auguste Périers et son fils qui finissaient de ranger le couvert. En voyant sa femme, le fermier remarqua :

— Où que t'étais passée, Marthe ? Tu te lèves sitôt la dernière bouchée avalée et tu fiches ton camp sans raconter à personne où tu te rends ? C'est pas des manières, si tu veux mon idée.

— Je suis été chez Monsieur le Curé.

— T'avais besoin de te confesser ?

— Non... à cause de l'Emile.

L'abbé qui souffrait d'être tenu à l'écart, se mêla au débat avec sa vigueur coutumière.

— Dis donc, Auguste, tu vas t'arrêter de jouer les guignols ? Tu ne te figures pas que j'ai renoncé à ma sieste uniquement pour te regarder exécuter ton numéro ? Si tu remplissais tes obligations de père chrétien, ta femme ne se mangerait pas les sangs et ne viendrait pas troubler la quiétude d'un brave homme de curé à qui vous commencez, toi et ton fils, à les briser sérieusement !

Gêné, le père Périers protesta mollement :

— Je n'ai rien fait de mal...

— Tu as du culot, Auguste ! Tu abandonnes ton fils à ses folies, ta femme à son angoisse et tu estimes que tu te conduis correctement ?

L'autre ne pipant mot, M. Quettehou marcha sur Emile, l'attrapa par le plastron de sa chemise, le leva du banc où il était plus effondré qu'assis et lui cria dans la figure :

— Et toi, grand imbécile, as-tu fini d'harceler ta mère, sans cœur ? Tu vois donc pas qu'elle sue les quatre misères ?

Le garçon grogna :

— C'est mes affaires !

— Continue comme ça et je vais t'en balancer deux ou trois dont tu me donneras des nouvelles, ou plutôt tu ne pourras pas m'en donner parce que tu seras étendu raide ! Alors, tu penses que ça la remplit de joie, ta mère, de t'entendre réciter à longueur de journée que tu te disposes à te détruire ? Ta vie, tu n'as pas le droit d'en disposer ! Elle appartient à Dieu d'abord, à tes parents ensuite !

— C'est ma vie, tout de même, non ?

— On te l'a prêtée un point c'est tout ! Tu en es responsable mais tu ne peux pas en disposer ! Enfin, par tous les saints du paradis, la famille Périers ne va pas disparaître sous prétexte que tu es achiné (1) à une fille qui pense à d'autres !

— Et pourquoi qu'elle veut pas de moi ?

— Ça ne se commande pas le sentiment, cornichon ! Agathe, elle raffole de la purée de pois verts, moi je peux pas les encaisser. Ça ne s'explique pas. La raison n'a rien à y voir. C'est comme ça parce que c'est comme ça. C'est tout.

— Je peux pas vivre sans la Marguerite...

— Allez, ne te gêne pas ! le robinet des conneries est ouvert ! Combien y en a-t-il qui ont juré qu'ils pouvaient pas vivre sans celui-ci ou celle-là et qui, aujourd'hui, devenus vieux, après une existence bien remplie, se souviennent plus du prénom des filles ou des garçons pour qui ils étaient prêts à mourir ! Si tu tiens absolument à te marier, choisis-en une autre ! C'est pas les filles qui manquent à Baroquier-la-Benoîte ! Tiens, l'Al-

(1) Attaché à quelqu'un.

bertine Mortelange ? Une costaude, non, et elle a des sous ?

— Elle a aussi le derrière trop bas. On croirait toujours qu'elle est assise, même quand elle marche.

— Ecoutez-le, Seigneur ! Ce n'est pas la latitude de la croupe qui révèle les qualités d'une future épouse !

Auguste ricana :

— Moi, je serais plutôt de l'avis du garçon. Pour que les affaires marchent bien, il faut que les choses soient à l'endroit où elles doivent être.

— Toi, tais-toi, espèce de malfaisant ! et la Joséphine Pointre, Emile ?

— On se demande où elle a mis sa poitrine, celle-là !

— Mon Dieu, accordez-moi la patience ! Et la Rosalie Streenquels ?

— Merci bien ! on sait jamais qui elle regarde tellement elle louche !

— Tu le fais exprès ou quoi ? et la Claire Mailhac qui a failli être élue reine du canton tant elle est faite à la perfection ?

— Elle sent mauvais...

La gifle du curé prit l'Emile au dépourvu et il regarda le prêtre sans réagir, avec des yeux ronds :

— Tu l'as cherchée, non ? Et puis, de cette façon, je t'aurai reconfirmé, ça ne peut pas te nuire aux yeux du Seigneur. Maintenant, tu me promets de ne plus causer de soucis à tes parents, et de nous ficher la paix avec ta Marguerite ?

— Impossible... Je me pendrai !

— Si tu te pends, personne ne te décrochera et je te refuserai l'entrée de l'église ! Des chrétiens de ta sorte, on n'en a pas besoin chez nous ! seulement, je t'avertis : si tu nous joues un tour pareil, je rassemble le village et devant tous, je dirai ce que je pense de ta Marguerite ! Je te promets qu'après ça, elle n'aura plus qu'à boucler sa valise et à débarrasser le pays de sa présence !

— Si je me tue pas, c'est elle que je tuerai !

— J'y renonce... Auguste, et toi, Marthe, s'il vous reste un grain de bon sens emmenez votre fils à Saint-Etienne et confiez-le à un psychiatre... Faut voir la vérité en face, mes pauvres gens : il est fou.

*
* *

Bouillant de colère, M. Quettehou remontait d'un pas trop vif vers le village. Il fut vite essoufflé. En atteignant le jardin des Evre, il dut s'arrêter pour reprendre haleine. Il aperçut Paul Evre qui binait un carré de choux.

— Oh ! Paul !

L'autre se redressa.

— Monsieur le Curé ! Vous êtes donc pas en train de faire votre sieste à cette heure ?

— Je la ferais si j'avais des paroissiens moins perdus dans leurs vices ! et toi, tu es bien tôt au travail ?

— Je suis seul... La Maria est descendue en ville.

— Et l'épicerie, alors, qui s'en occupe ?

— Fermée jusqu'à deux heures.

— Qu'est-ce que tu dirais si on profitait de l'absence de Maria pour échanger quelques mots, toi et moi ?

— A propos de quoi ?

— De quelqu'un que tu as connu dans le temps, mais dont tu ne sembles plus te soucier : ton âme.

— C'est que...

— Ne discute pas, Paul ! Nous allons boire ensemble la chopine que tu m'offres.

— Mais je vous ai pas...

— Paul ! serais-tu devenu regardant ? Souviens-toi de ce qui a été enseigné : qui donne au pauvre, donne à Dieu !

Dans la cuisine, assis à la grande table, ils trinquaient

gaillardement. On en était à la quatrième chopine et les « A la vôtre ! » — « A la tienne ! » étaient devenus une sorte de mélopée que rythmait l'impitoyable tic-tac de la Comtoise. Soudain, le curé repoussa son verre :

— C'est pas tout ça, Paul... Je suis venu te dire : ton vin est bon, d'accord, ça n'empêche pas que je sois fort mécontent de toi !

— A cause ?

— A cause de la façon dont tu te conduis avec ta Maria.

— La Maria ? J'y cogne jamais dessus !

— Ça se peut, seulement tu t'occupes pas plus d'elle que si elle n'existait pas... Elle en a de la peine... Faut la comprendre, elle n'a que 32 ans...

— Les femmes, Monsieur le Curé, j'en ai ma claque !

— Je sais... Tu préfères les jeunes filles.

Le Paul se dressa d'un élan et furieux, cria :

— Répétez voir un peu ?

— Je répète que tu préfères les jeunes filles surtout quand elles ressemblent à la Marguerite Touques.

— Tout curé que vous êtes, vous n'avez pas le droit de...

— Pas à moi, Paul, tu veux bien ? Je suis au courant. Je n'y ai pas de mérite, le pays entier est au courant.

Evre se rassit en grommelant :

— Je les emmerde tous, tant qu'ils sont !

— Tu es un gros malhonnête et au lieu de proférer des grossièretés en ma présence, tu serais plus sensé en me versant un canon.

L'épicier s'exécuta, mais les deux hommes oublièrent de trinquer. Après un instant de silence, le prêtre demanda doucement :

— Tu n'as pas un peu honte, Paul ? A ton âge !

Evre avoua, confus.

— Je l'ai dans le sang.

— Ne montre pas plus bête que tu n'es... et ne me

prends pas pour un sot. Tu as envie d'elle, un point c'est tout.

— Et ci cela était ?

— Alors, je te répondrais qu'en tant qu'époux de Maria tu n'as pas le droit d'abandonner une femme qui s'est consacrée à toi pour une gamine dont le seul mérite, jusqu'ici, est d'avoir un corps qui t'affole. En tant que chrétien, tu n'as pas le droit non plus. Essaie de te rappeler les Commandements. Vas-tu compromettre ton salut éternel pour une aussi pitoyable aventure ?

— Je peux pas supporter l'idée qu'elle aille avec un autre !

— D'abord, tu ne sais pas s'il y a un autre.

— Permettez-moi de remarquer, Monsieur le Curé, que pour une fois, vous êtes mal informé... Marguerite est depuis un sacré bout de temps la maîtresse de l'instituteur.

— Sainte Vierge ! En tout cas, lui, il est libre... Peut-être qu'ils vont se marier ?

— Je préfererais l'étrangler de mes propres mains, la garce !

M. Quettehou se leva si brutalement que la chaise où il était assis tomba.

— Malheureux ! Mais tu as donc perdu toute jugeote ! Qu'est-ce qu'ils ont tous, Seigneur ? Ces misérables parlent d'attenter à la vie de leur prochain comme s'il s'agissait de saigner un lapin ! Ah ! elle est jolie, ma paroisse ! Un ramassis de débauchés et d'assassins en puissance ! Vous mériteriez que Baroquier-la-Benoîte soit excommuniée !

Sur cette terrible menace, M. Quettehou vida la dernière chopine et gagna la porte en hésitant légèrement pour la trouver.

*
* *

L'œil sévère, Agathe regardait son maître qui, en arrivant, s'était laissé tomber sur une chaise sans avoir la force d'ôter sa douillette. Embarrassé par le silence de sa servante, le curé grogna :

— Et alors, quoi ? Qu'est-ce que tu as ?

— Moi ? Rien. C'est vous.

— Moi ! Et qu'est-ce que j'ai, s'il te plaît ?

— Vous portez une belle boge (1), tiens !

— Mensonge !

— Vous avez pas honte ?

L'abbé hésita, renonça à sa fausse indignation et convint en baissant le nez.

— Tu as raison, ma vieille, je crois bien que j'ai vidé quelques canons de trop... mais si je ne buvais pas, je n'aurais pas le courage de les supporter.

— Qui ?

— Mes paroissiens.

Agathe passa un bras sous l'aisselle du prêtre et l'aida à se dresser.

— Allons, venez vous étendre... Ça vous remettra... Je vous réveillerai pour dîner... Je préparerai une fricaude et une râpée...

Avant que la vieille femme ne quittât sa chambre, M. Quettehou tint à l'assurer d'une voix que l'ivresse embuait légèrement :

— Tu veux mon opinion, Agathe ? Tu es en marche vers la sainteté !

— Je le sais.

*
* *

Contrairement à sa promesse, la servante n'avait pas eu le courage de réveiller son curé, jugeant qu'un bon sommeil valait mieux qu'un bon dîner. Néanmoins, elle

(1) Porter une boge = tenir une cuite.

fut contrainte, vers les huit heures du soir, de le secouer dans son lit. Le dormeur ouvrit un œil effaré.

— Quoi ?

— Faut vous lever et en vitesse !

M. Quettehou jeta un coup d'œil vers la fenêtre.

— Mais... c'est nuit !

— La mort se moque qu'il fasse jour ou qu'il fasse nuit. Le pépé des Salindres est en train de passer.

— Le Régis... Quel âge ça lui fait ?

— Dans les quatre-vingt-dix, quatre-vingt douze.

— Pendant que je m'habille, va chercher le Tonin Rignac.

— Ses parents vont grogner.

— Leur gamin est au service de Dieu puisqu'ils ont accepté qu'il soit mon enfant de chœur !

Quelques instants plus tard, le passage du curé et de son clergeon à travers Baroquier-la-Benoîte sur le point de s'endormir fit se lever des rideaux et se tendre des visages curieux. Dans plus d'un foyer, il y en eut un ou une pour dire :

— Le Curé et le Tonin se rendent chez les Salindres... Le pépé doit être sur le point de faire son paquet...

Les plus jeunes ne s'intéressèrent guère à la nouvelle, le Régis Salindres n'appartenant pas à leur monde. Les plus vieux hochaient lentement la tête. Eux, ils revoyaient l'homme qu'avait été le Régis au plein de sa force. Dans l'annonce de sa fin prochaine, ils entendaient l'écho de leur propre départ. Le glas qui allait sonner, sonnerait aussi pour eux, en prologue.

Dans la salle commune de la ferme, le fils aîné — un homme de 60 ans — mangeait la soupe au chou. Il se leva pour recevoir M. Quettehou.

— Bonjour, Monsieur le Curé.

— Ça ne va plus pour le pépé ?

La bru qui avait la cinquantaine répondit :

— Le docteur pense qu'il verra peut-être pas l'aube.

— Il était temps de m'envoyer chercher ! Il a encore sa tête ?

— Oh ! oui... Cet après-midi, il nous a confié où il avait caché son magot.

Il y avait dans la voix de la bru un écho si joyeux que le prêtre en eut la nausée. Il s'enquit sèchement :

— La mère est là-haut ?

— Oui.

Le fils crut bon de préciser :

— On a envoyé prévenir les enfants.

— Vous avez bien fait. Mais je n'ai pas besoin d'eux, ni de vous, d'ailleurs.

Dans le grand lit où, depuis quinze jours et pour la première fois en soixante-trois ans, la Mélie ne couchait plus, à cause de la maladie du Régis, le vieillard ressemblait à une momie. L'âge et la douleur paraissaient avoir avalé toutes les chairs pour ne laisser que les os. Au fond des orbites creuses, le regard luisait, clair toujours. Au chevet, la Mélie, sur sa chaise, était un petit tas informe de chiffons. M. Quettehou lui mit sa grosse main sur son épaule.

— Alors, ma pauvre Mélie, l'heure est venue de vous séparer, le Régis et vous, pour un temps... Il part le premier, mais il vous attendra à la porte du paradis.

— C'est parce que j'en suis sûre, Monsieur le Curé, que je domine ma peine.

— Il faut avoir confiance dans le Seigneur... pour l'ultime épreuve... Après, ce sera la paix... une paix qui ne finira jamais.

Elle soupira :

— Ça me dure... Je me sens tellement fatiguée...

— Laissez-moi seul avec Régis, Mélie... que je le mette en état de se présenter devant Dieu.

La vieille sortit rejoindre le clergeon sur le palier et l'abbé prenant sa place au chevet du mourant, se pencha :

— Vous me voyez, Régis ?

Ironique, l'agonisant répondit :

— Et pourquoi que je vous verrais pas, curé ? Vous avez quand même pas maigri à ce point ?

— Régis, nous devons causer sérieusement tous les deux.

— Parce que je vais crever ?

— C'est-à-dire...

— Racontez pas d'histoire, curé. Je sais que je vais crever et je proteste pas, j'ai accompli mon temps et puis la vie, entre nous, je commence à en avoir assez...

— Si vous vous confessiez, Régis ?

— Pourquoi ?

— Pour arriver propre et net, là-haut.

— Pas la peine... Depuis quinze ans, j'ai plus été en état de pécher, alors qu'est-ce que vous voudriez que je vous raconte ?

— Bon... Naturellement, vous croyez en Dieu et en la vie future ?

— Faut bien.

— Comment ça, faut bien ?

— Dame ! Si je croyais pas, je ressemblerais à un qui irait prendre son billet au guichet sans savoir où il veut aller.

— Ecoutez, Régis, je vous connais... Je sais que vous êtes un brave homme... alors, je prends sur moi de ne pas vous embêter plus longtemps. J'appelle le Tonin et je vous donne l'absolution.

M. Quettehou s'en fut ouvrir la porte, fit entrer la Mélie et le clergeon qui s'agenouillèrent de chaque côté du lit. Le curé, tandis que les deux autres récitaient le Notre Père, se porta garant, devant Dieu, du droit qu'avait le mourant de pénétrer en Son Paradis. Il n'avait pas cru nécessaire d'appeler le fils et la bru qui, en bas, devaient calculer ce qu'allait leur rapporter une mort si longtemps attendue.

*
* *

Comme le berger, ayant égaré des bêtes sur les pacages d'été, rentre à la ferme la tête basse, chaque fois que M. Quettehou perdait un de ses paroissiens, il éprouvait le sentiment d'une injustice ainsi que d'une certaine culpabilité. Il se figurait que s'il avait mieux rempli son sacerdoce, celui-ci ou celle-là aurait échappé à la mort. Cette impression expliquait que lorsqu'il revenait d'administrer l'extrême-onction, le curé de Baroquier-la-Benoîte, n'avait nulle envie de parler sur le chemin du retour.

Le prêtre et son clergeon avançaient donc d'un pas égal dans la belle nuit lumineuse de juin, sans prononcer un mot. Soudain, tous deux dressèrent l'oreille. Le silence nocturne était déchiré par le bruit d'une course et d'un halètement. Il n'était nul besoin d'être sorcier pour comprendre que quelqu'un approchait en courant du chemin par où l'enfant, le vieil homme et le Bon Dieu regagnaient le village. Ils s'arrêtèrent à l'orée de la piste forestière conduisant vers le Grand Etang. Bientôt, ils virent une silhouette jaillir du fourré et galoper devant eux. Ils attendirent que l'écho de cette course se fut éteint et M. Quettehou dit :

— J'ai eu l'impression, en dépit de ses pantalons, qu'il s'agissait d'une femme.

D'une voix assurée, le petit Tonin dissipa tous les doutes :

— C'était la Marguerite Touques.

— Tu es sûr ?

— Pardi !

— Qu'est-ce qu'elle pouvait fabriquer dans les bois à cette heure-ci ?

Condescendant, le gamin répliqua :

— Elle a pas dû rester des heures sous les arbres. Le temps de prendre le sentier qui mène derrière l'école.

— Tu crois qu'elle venait de l'école ?

— Tout juste !

Le curé frémit. Ainsi ce qu'il avait voulu tenir pour calomnie, se transformait, peu à peu, en vérité. La petite se débauchait.

Ils étaient parvenus à la cure. Avant de renvoyer Tonin, le prêtre tint à protéger la pureté de son clergeon, fut-ce au prix de passer pour un niais.

— Tu viendras chercher ta pièce demain matin... Bonne nuit. A propos, tu as dû te tromper tantôt. Qu'est-ce que la Marguerite serait allée chercher chez l'instituteur à cette heure-ci ?

— Se faire sauter, pardi ! comme presque tous les soirs... Bonne nuit, Monsieur le Curé.

M. Quettehou ne répliqua pas. Appuyé contre le mur de sa demeure, il admettait, contraint et forcé, mais non sans amertume, qu'à Baroquier-la-Benoîte, les professeurs d'éducation sexuelle perdraient leur temps, la jeunesse du pays semblant ne plus rien avoir à apprendre sur ce sujet.

III

Le vendredi suivant, l'Eglise célébrait, ce jour-là, la Fête du Sacré Cœur à laquelle les habitants de Baroquier-la-Benoîte se voulaient fidèles. Agathe, préparant le petit déjeuner de son maître faillit, d'étonnement, lâcher la cafetière en voyant M. Quettehou entrer dans sa cuisine.

— Déjà levé ?

— Les travaux qui m'attendent ne souffrent aucun retard.

— Les travaux ! Quelle sorte de travaux ?

— De propreté !

— Ah ?

— Tel Hercule s'apprêtant à nettoyer les écuries d'Augias, je suis résolu à nettoyer Baroquier-la-Benoîte de tout ce qui l'empoisonne.

— Ça ressemble à quoi ce que vous racontez ?

— A la grande lessive du printemps. Seulement, pour mener à bien une tâche pareille, il faut avoir des forces ! Aussi, tu peux garder ton café et tes tartines, Agathe. Sors moi le jambon, le fromage et une chopine de Côtes du Rhône.

— A sept heures du matin !

— Je me demande ce que l'heure a à voir ?

— Mais vous allez célébrer la messe !

— Raison de plus ! Devant tous ces sépulcres plus ou moins blanchis, je n'aurais seulement pas la force d'élever l'ostensoir si je ne me sustentais pas un peu avant... D'ailleurs, c'est ce que ce malheureux concile nous a apporté de mieux, cette permission de casser la croûte le matin... Ils ont foutu notre Sainte Mère l'Eglise cul par dessus tête...

— Oh !

— C'est une image, Agathe.

— Si vous voulez mon avis, elle est ni jolie ni respectueuse.

— ... Je disais donc que tous ces Monseigneurs ont gaillardement, joyeusement démoli au nom du Christ l'Eglise que le Christ avait bâtie, mais ils ont pris soin de la santé du clergé... Il est vrai que maintenant, nos jeunes prêtres ne sont que des matrus !

Lorsque M. Quettehou s'emportait, cela lui donnait soif et quand il réclama une seconde chopine, la servante gémit :

— Vous comprenez donc pas que vous vous tuez avec ce vin ?

— Ecoute, mon Agathe... Je suis un curé de la vieille école, c'est-à-dire que je crois en Dieu et à son paradis... Donc, mon plus cher désir est d'aller rejoindre le plus tôt possible celui dont je me suis voulu le défenseur et pour ce faire, j'ai choisi la route la plus aimable, celle de la vigne.

— Vous risquez de vous damner !

— Je ne pense pas que le Bon Dieu en veuille aux ivrognes.

— Vous blasphémez et vous irez en enfer !

— Alors, tu prieras pour moi et je suis persuadé que là-haut, ils t'écouteront.

— Non !

— Pourquoi ?

— Parce que je tiens pas à aller au paradis si vous vous y trouvez pas !

Attendri, l'abbé ouvrit largement ses bras et la larme à l'œil :

— Viens m'embrasser, vieille folle !

*
* *

Après avoir célébré l'office en latin, M. Quettehou prit la vertu pour thème de son sermon, ce qui lui permit des allusions transparentes à celles qui se montraient folles de leurs corps, qui ne pensaient qu'à abrutir ces braves idiots d'hommes et leur promit des supplices éternels. Il s'attaqua ensuite aux parents qui désertaient leur devoir et abandonnaient leurs enfants à leurs plus bas instincts ou aux désirs les plus pernicieux. Il les avertit que d'eux aussi il serait exigé des comptes. Enfin, il s'attaqua aux médisantes, aux calomniatrices qui, un jour — et un jour qui durerait toute l'éternité ! — auraient la bouche pleine de serpents, de crapauds et d'ordures. Il termina par une péroraison qui en laissa quelques-uns pantois.

« Ite missa est... bande de bons à rien, de parjures, de fornicateurs en esprit ou en réalité ! J'en ai ras le bol de vous défendre contre le Diable qui vous adresse des risettes auxquelles vous vous laissez prendre ! Je vous préviens que je vous connais bien tous et que tous, je vous attends à confesse cette semaine. Je suis au courant de vos péchés et si, avec votre malignité naturelle et votre sacrée habitude de prendre votre curé pour un couillon, vous en omettez un seul, je vous sortirai du confessionnal d'abord, de l'église ensuite à coups de pied dans le train ! Mes frères, allez en paix ! »

Sur la place, devant l'église, les commentaires filaient

à belle vitesse. Chacun se demandait pour qui le prêtre avait parlé et se sentait tout disposé à citer quelques noms. On était si occupé à prouver, à démontrer, à expliquer qu'on ne prit pas garde au passage de l'Agathe venant dire aux Touques que M. le Curé désirait leur parler immédiatement et qu'ils devaient se rendre à la cure. Alphonse et Jeanne Touques formaient un couple de quinquagénaires paisibles qui ne pensait qu'aux sous. Ils vivaient pour leur ferme de Planèze si bien tenue qu'on la citait en exemple dans le canton. Quand ils se trouvèrent en présence de M. Quettehou ni l'Alphonse ni la Jeanne n'eurent le temps d'ouvrir la bouche. A peine étaient-ils entrés que le prêtre leur fonçait dessus :

— Alors, vous êtes contents de vous, hein ? Vous êtes fiers de votre Marguerite, pas vrai ?

Alphonse arborant un sourire satisfait se tourna vers sa femme :

— Ma foi ?... plutôt, oui. Pas vrai, Jeanne ?

— Mon Dieu...

L'abbé rugit :

— Vous avez un certain culot ! Votre Marguerite est en train d'affoler les mâles du pays et elle va retrouver l'instituteur à des heures où elle devrait se trouver près de ses parents ! Mais cela vous laisse indifférents ! Que votre petite devienne une gourgandine, vous vous en foutez, bougres de païens !

Effarés, les époux Touques se regardaient sans savoir quoi répondre jusqu'au moment où la Jeanne protesta :

— Marguerite fréquente pas Monsieur Héné... pour ce que vous pensez...

— Vous mentez ou vous êtes idiote ! Puisque c'est comme ça, je vais m'en occuper, moi, de votre fille ! J'écrirai à Monseigneur pour qu'on lui trouve une place à Saint-Etienne et si elle la refuse, je la calotte devant tout le village ! et maintenant, fichez-moi le camp !

Ils sortirent sans réaliser exactement ce qui leur était arrivé.

*
* *

Henri Héné était un bel athlète que n'enthousiasmait pas son métier d'instituteur, mais qui avait la sagesse de mettre à profit son exil campagnard pour entretenir sa forme physique en courant chaque matin et longuement, sur les sentiers forestiers. Les enfants venaient d'abandonner l'école et le jeune homme s'apprêtait à faire cuire des œufs au plat et des pommes à l'anglaise, lorsque M. Quettehou encadra sa massive silhouette sur le seuil et s'inclinant légèrement, s'enquit :

— Si Monsieur l'Instituteur ne craint pas que je lui verse en douce, un peu d'eau bénite dans son verre, peut-être acceptera-t-il de m'offrir un canon pour humidifier l'entretien privé et délicat que je souhaite avoir avec lui ?

Héné se mit à rire.

— Entrez, entrez, Monsieur le Curé et buvez le vin laïc !

Les deux hommes ayant trinqué, l'abbé s'éclaircit la voix pour déclarer :

— Ça m'arrangerait que vous deviniez le but de ma visite.

— Le but, je l'ignore, mais la raison... Il s'agit de Marguerite Touques, n'est-ce pas ?

— Oui.

— Je vous écoute.

— C'est vrai qu'elle vient vous voir fréquemment ?

— Oui.

— Pourquoi ?

— Pour tromper l'ennui d'une solitude pesante par moment.

— Marguerite est une enfant et...

L'instituteur interrompit son hôte.

— Monsieur le Curé ! Marguerite a été une enfant. Je peux vous assurer qu'elle ne l'est plus et qu'elle sait ce qu'elle veut.

— Permettez-moi de vous exprimer ma peine devant le cynisme que vous étalez.

— Monsieur le Curé, je ne fréquente pas votre église, mais je vous aime bien. Vous ne devriez pas vous mêler des histoires de Marguerite Touques. Vous ne pouvez les comprendre.

— C'est pourtant mon devoir, Monsieur Héné.

— Du moins, vous vous le figurez... Les gens de votre état ont la fâcheuse habitude — héritée de loin — de fourrer leur nez dans les affaires d'autrui.

— Monsieur l'Instituteur, vous n'ignorez pas que Marguerite n'a que 19 ans ?

— Elle est donc d'âge à raisonner avant d'agir, non ?

Il se fit un court silence, puis M. Quettehou demanda sans la moindre rudesse :

— Monsieur Héné... seriez-vous un salaud ?

— A vous d'en décider, Monsieur le Curé.

Le prêtre se leva.

— Je le regrette profondément... et je regrette aussi d'avoir bu votre vin.

— Vous avez bien tort.

— Pardonnez-moi d'avoir une règle de conduite : d'ordinaire, je ne bois qu'avec les gens que j'estime.

*
* *

Ayant rapporté à Agathe sa conversation avec l'instituteur, l'abbé conclut :

— Ce garçon a paru tout surpris de mon attitude... Nous devons penser que mes jeunes confrères ne l'auraient sans doute pas blâmé.... Vois-tu, Agathe, les prêtres d'aujourd'hui, sous le fallacieux prétexte de mieux connaître les faiblesses et les misères humaines, aspirent à se rouler, eux aussi, dans la boue. Moi, ma vieille, je mourrai dans ma soutane, en priant Dieu en latin et en lisant quotidiennement mon bréviaire, ainsi qu'on m'a appris à le faire. Nous sommes peut-être un peu couillons, nous autres, les prêtres d'hier, mais j'imagine que c'est pour cela que nous aiment ceux qui nous aiment et qui sont écœurés par les mœurs nouvelles interdisant à nos cadets, trop intelligents, de demeurer au royaume des cœurs purs. Moi, je resterai fidèle à mes petites filles qui ont dépassé la septantaine et qui ont tellement pâti au cours de leur vie qu'elles ont retrouvé leur innoncence d'autrefois... Mes mémés qui meurent si facilement... Quant la mort les attrape, elles ne se défendent pas... à la façon du lapin saisi par la belette.

— Ouais... Seulement, en fait de cœur pur, la Marguerite hein ?

— Ne sois pas méchante, Agathe, ça ne te ressemble pas... Je suis peut-être idiot, mais je n'arrive pas à admettre que notre Margot soit devenue une gourgandine ! Après ma sieste, j'irai au Roucas, parler à Valentin. Je crois que l'instituteur devrait quitter notre village. Il est un mauvais exemple pour les jeunes de Baroquier-la-Benoîte.

*
* *

Encore un peu somnolent, M. Quettehou avançait d'un pas lourd sur le chemin du Roucas. Soudain, au détour du chemin, il se trouva nez à nez avec Marguerite Touques qui poussa un cri de surprise.

— Monsieur le Curé !

— Oui, ton curé, Marguerite, et ça t'embête de me rencontrer, avoue-le ?

— Je vous assure que...

— Ne commence pas à prendre cet air cafard ou je te tire les oreilles pour entamer le débat ! Marguerite, depuis quarante-huit heures, j'entends beaucoup d'horreurs à ton sujet.

— Les gens peuvent raconter ce qu'ils veulent, je m'en fiche !

— Et d'être damnée, tu t'en fiches aussi ?

— Je n'ai pas dit ça...

— Marguerite, écoute-moi... Ne sois pas stupide... Pour gagner la bataille de l'existence, il ne suffit pas de tortiller son croupion sous les yeux d'imbéciles qui n'ont ni foi ni pudeur !

— Les hommes sont tous des cochons !... pas vous, bien sûr...

— Merci. Pourquoi es-tu la maîtresse de l'instituteur ?

— Je ne la suis pas !

— Tu oses me mentir, à présent ?

— C'est la vérité !

— Alors, qu'est-ce que tu vas fabriquer chez lui, le soir, à une heure où les honnêtes filles sont chez elles ?

— Il me donne des leçons...

— Je crains que ce ne soit de drôles de leçons ! Et le Paul Evre ?

— Je n'ai rien à en faire de celui-là !

— En tout cas, sa femme voudrait t'arracher les yeux !

— Elles sont toutes plus bêtes les unes que les autres, ces bouseuses !

— Et l'Emile Périers qui prétend se détruire parce que tu refuses de lui prêter attention ?

— Emile est idiot de naissance !

— Marguerite, malgré tout ce que l'on colporte sur ton compte, je persiste à nourrir une profonde affection pour toi... Je n'ai pas oublié que tu as été ma meilleure élève de catéchisme... Seulement, tu es devenue, à tort ou à raison, un objet de scandale.

Brusquement, Marguerite se mit à pleurer et M. Quettehou la prenant dans ses bras, déclara :

— Je me doutais bien, mon belou, que tu n'étais pas mauvaise dans le fond... Tu vas te confesser à ton vieux curé... Lui seul, avec l'aide du Seigneur, peut te comprendre... quelles que soient tes erreurs... Tu as emprunté un mauvais chemin et je te dis avec toute ma tendresse, mais aussi avec mon autorité de prêtre : arrête-toi, Marguerite, pendant qu'il en est encore temps ! Arrête-toi !

Elle murmura :

— Je ne peux plus...

— Ah ! ne t'énerve pas ! Pour l'heure, je suis persuadé que le Bon Dieu ne t'a pas abandonnée... Toutefois, prends garde de lasser Sa patience parce que le jour où il retirera Sa main de sur toi, tu seras perdue et ce sera fini de rire, fillette !

— Oh ! Monsieur le Curé ; je suis si malheureuse... trop seule... il faut que vous veniez à mon secours...

— Pas moi, Lui... mais je L'accompagnerai.

A cet instant, un ricanement se fit entendre tandis qu'une voix doucereuse susurrait :

— Excusez si je vous dérange !

C'était l'abominable Stéphanie. Le curé hurla :

— Foutez le camp, espèce de cloporte !

— Vous avez pas le droit de...

— Stéphanie, vous êtes une affreuse... Votre méchanceté, votre saleté morale feraient douter de l'existence de Dieu !

— J'écrirai à Monseigneur !

— Et moi, si vous vous mêlez encore une seule fois de ce qui ne vous regarde pas, je monterai en chaire pour vous dénoncer et on vous rendra l'existence impossible à Baroquier-la-Benoîte !

Débarrassé de Stéphanie qui s'enfuyait, le curé revint à Marguerite.

— Je ne peux pas t'entendre en plein air, car il y a toujours des oreilles qui traînent même quand on se figure seul... Je t'attendrai, à la cure, ce soir, juste quand tu sortiras de ton bureau. D'accord ?

— D'accord... J'ai peur que vous ne puissiez rien pour m'aider...

— Sinon moi, du moins Lui... Aie confiance, ma fille et maintenant file au village. Promis ?

— Promis.

— Après tout et quoi qu'ils en disent, je suis persuadé que tu es une bonne enfant.

Ils se séparèrent, la petite remontant vers Baroquier-la-Benoîte tandis que M. Quettehou reprenait sa descente en direction du Roucas où demeuraient les Meslay. Après qu'il eut dépassé le tournant et donc perdu de vue la jeune fille, une idée lui vint : et si elle le trompait ? Il escalada une bute qui, sur le côté de la route, permettait d'observer les alentours et, la rage au cœur le prêtre aperçut Marguerite qui, parvenue à la hauteur de la sente menant à l'école, après une légère hésitation, s'y engageait. L'abbé, la gorge serrée, gémit :

— O mon Dieu ! prenez-la en Votre pitié...

Et c'est au moment où il exprimait cette prière fervent qu'il vit le Paul Evre se lancer sur les traces de la demoiselle.

— Sacré cochon ! attends que je m'en mêle, fornicateur éhonté !

Alors que plein d'un zèle et d'une colère bouillonnante le curé de Baroquier-la-Benoîte, s'apprêtait à redescendre la pente si péniblement montée, il remarqua la silhouette dégingandée de l'Emile, qui, à son tour, se jetait à la poursuite des deux autres. Sur l'instant, il en resta comme assommé, ne pouvant que balbutier :

— C'est... c'est... pas... pas vrai ?

Puis, ouvrant les bras dans un geste résigné, il se consola en clamant aux arbres qui l'entouraient :

— Après tout, qu'ils se débrouillent entre eux ces courattiers (1) !

A la ferme du Roucas, l'Eugénie Meslay était à sa lessive et Josette repassait. Elles firent fête au curé qu'elles aimaient bien. D'ailleurs, elles aimaient tout le monde. La visite du prêtre s'affirmait une distraction dont elles n'entendaient pas se priver.

— Monsieur l'Abbé ! Quelle bonne surprise ! soit dit sans reproche, vous ne venez pas souvent au Roucas !

Tout de suite, la Josette proposa :

— Asseyez-vous que... Je vous sers le café et peut-être la goutte aussi ?

M. Quettehou protesta mollement :

— Je ne voudrais pas vous déranger... Je suis là pour m'entretenir avec Valentin.

L'Eugénie s'exclama :

— Ça, c'est pas possible, Monsieur le Curé, parce que Valentin, il est parti à pied par les coursières, pour Laversanne à la foire aux bestiaux... Il désirait se rendre compte des fois qu'il trouverait un jeune taureau, parce que notre troupeau, il devient assez conséquent.

— Tant mieux ! Votre Josette aura une belle dot.

— Si qu'elle trouve un épouseur.

— Pour ça, je ne suis pas en peine et je suis sûr qu'il y en a plus d'un qui doivent lui faire les yeux doux. Est-ce que je me trompe ?

Josette eut ce rire idiot par lequel, autrefois, les filles

(1) Coureurs de jupons.

cachaient leur embarras quand on parlait de leurs hypothétiques amours ou de leur amoureux supposés. La mère précisa :

— C'est que le père, il est plutôt méfiant sur ce chapitre et vaudrait mieux pas qu'un mal avisé vienne tourner autour de la petite si qu'il avait pas des intentions honnêtes. Notre Josette elle fréquentera que pour le bon motif... Si mon Valentin la surprenait en train de se frotter comme on en voit des sans-pudeur, je crois que le sang lui tournerait !

Servant son café au curé, Josette s'exclama :

— J'ai pas besoin qu'on me menace pour me conduire bien !

M. Quettehou sauta sur l'occasion pour parler de la petite Touques :

— A propos, j'entends beaucoup causer sur la Marguerite, ces temps ?

L'Eugénie serra les lèvres pour déclarer d'une voix pleine de sous-entendus :

— Je suis pas chargée de la surveiller, pas vrai ? Tout ce que je peux vous assurer c'est que si elle était ma fille, à coups de triques je lui ferais sortir le vice du corps !

Josette remarqua :

— Tu devrais pas parler de cette façon, surtout devant Monsieur le Curé... La Marguerite, on en raconte dix fois plus qu'il y en a... C'est quand même pas de sa faute si les hommes, jeunes et vieux, y courent après !

— Ils y courraient pas après si elle se tenait un peu mieux !

— Qu'est-ce que tu veux, elle est drôlement jolie et faite au moule, la Marguerite, et puis, elle s'habille mieux que n'importe qui.

— Tais-toi, Zette, tu sais pas ce que tu racontes, c'est pas en faisant les doux yeux à tout un chacun et en se mettant des odeurs qu'on peut espérer trouver un mari !

Faut pas l'écouter, Monsieur le Curé, la Zette, beauseigne (1), elle voit pas le mal là où qu'il est...

Le prêtre leva un doigt sentencieux :

— Non, Eugénie... Josette voit parfaitement où est le mal, mais elle le refuse parce qu'elle est honnête... Elle défend son amie, c'est normal et... rafraîchissant de penser qu'il y en a au moins une pour la défendre... Josette, tu es une brave fille... Essaie de le rester le plus longtemps possible. Alors, Valentin est à Laversanne ? Quand est-il parti ?

— Au matin... Il rentrera pas avant la nuit, surtout s'il ramène une bête.

— Bon ! Dans ce cas, vous lui direz que je suis venu et que je le verrai demain à moins qu'il passe à la cure avant de se rendre à la mairie ?

— J'y ferai la commission.

— Au revoir à toutes deux et merci pour le café.

*
* *

Agathe s'était mise en retard à cause du repassage, si bien qu'avec M. Quettehou, ils n'avaient commencé à dîner que sur les neuf heures. La grogne du prêtre avait fondu dès les premières cuillerées de la soupe où la servante avait su — selon la vieille règle — mélanger le chou gras et le chou maigre, la saucisse et le lard de poitrine — la ventrèche — sans oublier le petit morceau de lard gras et un peu rance, pour le goût. Sous les yeux émerveillés de la cuisinière, le Curé avala trois assiettées, fit disparaître les trois-quarts de la charcuterie, but une bouteille de vin pour faire glisser le tout et, repoussant son couvert, déclara confus et ravi :

— Ma bonne, je suis coufle... (2).

(1) Equivalent du « péchère ! » provençal.
(2) Repu.

Pendant qu'Agathe s'attelait à la vaisselle, M. Quettehou bourra sa pipe, l'alluma, s'installa dans son fauteuil et se laissa couler dans la douce béatitude des digestions paisibles. Une demi-heure plus tard, Agathe revenant de la cuisine, le trouva endormi. Elle ne pouvait pas lui permettre de rester dans son fauteuil, d'où il sortirait avec des courbatures et cela l'ennuyait de l'arracher à son sommeil d'enfant. Elle hésitait lorsqu'en se réveillant de lui-même, le prêtre trancha le débat où la servante se perdait.

— Je crois que j'ai fait un somme.

— Je vous entendais ronfler.

— Je rêvais que j'étais à la porte du paradis et que saint Pierre ne voulait pas me laisser entrer.

— Elle est raide celle-là ! et pourquoi qu'il voulait pas ?

— Il me disait : « Mon pauvre Jules, je ne peux pas te recevoir chez nous, parce que tu n'as pas été un bon prêtre... Ta paroisse était pareille à un étang où tu te contentais de regarder le dessus, mais dessous, hein ? Tu as été voir dessous ? C'était pourtant cela ton travail, Jules Quettehou... Alors, tu aurais aperçu toutes ces haines qui frétillaient dans l'eau trouble et, tout au fond, les calomnies crevant comme des bulles à la surface de la vase. Et Marguerite Touques, qu'as-tu essayé pour la sauver ?

La servante grommela :

— Il avait de la chance que je soye pas là, votre saint Pierre ! J'y aurais dit deux mots ! Il a donc pas autre chose à faire qu'à s'occuper de cette courattière ?

— Ne parle pas sans savoir, Agathe... Je l'ai rencontrée Marguerite... Elle est malheureuse...

— Il y paraît pas !

— Je l'ai avertie... Si elle continue à prendre des chemins de travers, Dieu se détournera d'elle et ce sera fini de rire. Le temps des larmes vient vite.

— Ça serait que justice ! Pourquoi que ce temps il serait réservé qu'à quelques-unes et souvent aux plus méritantes ? C'est pas parce qu'elle est jolie, votre chouchoute, qu'elle doit avoir tous les droits !

— Non, sans doute... Seulement, je ne peux m'empêcher de penser que le Seigneur ne fait pas toujours bien attention quand il donne la beauté à sa créature.

Agathe n'eut pas loisir de regimber car un véritable hourvari se déchaînait à la porte de la cure : cris, appels, coups, formaient un concert qui arracha M. Quettehou à sa méditation et la servante à sa hargne. Celle-ci se précipita pour ouvrir et fut quasiment bousculée par le maire que suivait Emile Périers, livide, agitée de soubresauts nerveux, le visage ruisselant de larmes. Valentin cria :

— Monsieur le Curé ! il faut que vous sachiez !

— Attends une minute et regarde celui-là dans l'état où il est... Agathe, fais-le asseoir et donne-lui une goutte d'Arquebuse...

Le maire voulut protester, mais le prêtre l'apaisa d'un geste.

— Chaque chose à son heure, Valentin. Si tu m'as amené l'Emile, c'est qu'il a un rôle dans la nouvelle que tu veux m'apprendre, hein ? Alors, laissons-le d'abord reprendre ses esprits. Assieds-toi, Monsieur le Maire.

Emile se remit assez vite, mais sitôt qu'il eut retrouvé un semblant de maîtrise de soi, il promena sur l'assistance un visage hagard, puis enfouissant sa tête dans ses mains, il se mit à pleurer à gros sanglots de gosse. M. Quettehou lui posa la main sur l'épaule.

— Qu'est-ce que tu as ?

Le garçon leva sa figure ruisselante vers le prêtre et gémit :

— Elle est morte...

— Morte ? Qui est mort ?

— Marguerite...

Agathe lança un « Mon Dieu Jésus » ! qui ressemblait au grincement d'une porte sur des gonds rouillés, tandis que le curé rugissait en empoignant Emile et le secouant :

— Qu'est-ce que tu dis ?

Ballotté, mou comme une chiffe, le fils Périers semblait, de toute évidence, incapable de répondre. M. Quettehou exaspéré se tourna vers le maire.

— A toi, Valentin !

— On était sur le point d'aller au lit quand voilà Emile qui entre chez nous à la manière d'un fou perdu en hurlant : la Marguerite ! on a tué la Marguerite !

On entendit renifler l'Agathe et l'abbé cria, à son tour :

— Tué ? Qu'est-ce que ça signifie : tué ?

— Assassinée, si vous préférez !

— Si je... mais où ? quand ? et qui ?

Le maire haussa les épaules.

— J'en sais pas plus que vous... Sitôt qu'il a eu lancé cette nouvelle, je l'ai attrapé et amené ici. Je ne voudrais pas déranger les gendarmes si cet imbécile a eu des hallucinations.

M. Quettehou se pencha vers le jeune homme.

— Maintenant, ça suffit, Emile ! Tu as vu Marguerite morte ?

— Oui.

— Quand ?

— Il y a une demi-heure.

— Où ?

— Au Creux-du-Renard.

— Bon. On y va. Donne-moi ma douillette et une lanterne, Agathe.

*
* *

Valentin n'aurait jamais cru que le curé était encore

capable de marcher si vite en pleine nuit et au milieu des arbres. En vingt minutes, ils avaient gagné le Creux-du-Renard, presque au pas de course. Tout de suite, ils aperçurent la tache blanche que faisait la robe de Marguerite dans l'obscurité. Le prêtre s'agenouilla. Marguerite avait la figure enflée et violacée. Sa langue sortait en partie et sous la lumière de la lampe le cou montrait de fortes ecchymoses. Le Maire remarqua :

— On l'a étranglée...

D'une main tremblante, M. Quettehou baissa les paupières de la victime et chuchota :

— Je t'avais prévenue, petiote, que si le Bon Dieu te retirait Sa protection... ce serait fini de rire... et voilà... Tout de même, Seigneur, Vous auriez pas dû permettre... Je sais bien que je n'ai pas le droit de juger ce que Vous faites... mais c'est dur... atrocement dur... Comment a-t-on osé... Une enfant... encore...

Valentin aida le prêtre à se relever. Ce dernier braqua sa lanterne dans la figure d'Emile.

— C'est toi ?

Le hurlement indigné et douloureux du garçon, l'empêcha de poursuivre :

— Valentin, je vais rester près d'elle avec Emile... Toi, tu devrais aller téléphoner à la gendarmerie.

Le maire se hâta vers le village qui dormait. M. Quettehou se remit à genoux, commanda à Emile d'en faire autant.

— Et maintenant, nous allons réciter la prière des morts.

CHAPITRE II

I

M. Quettehou n'avait guère dormi. Il avait dû rester assez longtemps auprès de la dépouille de Marguerite en compagnie d'Emile qu'il ne cessait de surveiller de crainte qu'il ne tournât de l'œil. L'abbé espérait que le Seigneur ne lui tiendrait pas trop rigueur de n'avoir point été attentif aux mots qu'il prononçait, mais il n'était pas parvenu à se débarrasser l'esprit de cette question qui le taraudait et ne cesserait de le tarauder jusqu'à ce qu'on connaisse l'identité du meurtrier : qui ? Pendant que la prière coulait de ses lèvres, il revoyait le visage buté d'Emile annonçant qu'il tuerait Marie... Il réentendait les aveux de Paul Evre... Il n'oubliait pas la désinvolture cynique de l'instituteur... Ces trois hommes aimaient Marguerite d'un amour exclusif, sauvage, égoïste. L'un d'eux avait-il préféré l'étrangler plutôt que de la perdre ? Lequel avait eu le courage monstrueux de serrer ce cou gracile, de sentir la vie palpiter puis s'éteindre sous les doigts sans pitié ? Si le curé pleurait la victime, il plaignait aussi le meurtrier qui allait devoir vivre des heures difficiles, en proie à ses remors maintenant qu'il avait recouvré son sang-froid, épiant l'avance de l'enquête policière dans sa direction, sachant enfin que Dieu l'attendait pour lui demander des comptes dont la sanction serait autrement terrible que celle imposée par la justice des hommes.

Le maire était revenu en compagnie des gendarmes dont l'un avait un appareil photographique à flash. On prit de nombreuses photos de Marguerite avant de l'emmener sur une civière vers la morgue de Saint-Etienne où elle subirait l'autopsie de rigueur. Au grand étonnement du prêtre, la marée-chaussée ne se montra pas très intéressée en ce qui concernait la découverte du crime par Emile. Ils se contentèrent de poser deux ou trois brèves questions au fils Périers et n'insistèrent pas. Le va-et-vient nocturne avait eu raison de la paix villageoise. Des lumières étaient apparues aux fenêtres qu'on avait ouvertes. Les plus curieux s'étaient habillés et, rassemblés près de l'église, ils échangeaient des hypothèses. Le Paul Evre s'était montré un des premiers, suivi de sa femme. Soudain, apportée par on ne sait qui, la nouvelle du meurtre de Marguerite Touques éclata au milieu du groupe, l'éparpillant, les uns et les autres se hâtant de rejoindre les leurs ou leurs voisins pour annoncer l'événement. Les épiciers, ayant regagné leur maison, Maria, guettant son époux du coin de l'œil, prépara du café. Tassé sur une chaise, Paul paraissait assommé, incapable du moindre réflexe. Il ne semblait même pas voir la tasse que sa femme déposait devant lui. Maria ordonna :

— Bois, ça te fera du bien...

— Elle avait pas vingt ans...

L'épicière, au fond de son cœur, ne déplorait guère sans doute, la disparition d'une fille menaçant son ménage, mais comme elle se voulait bonne chrétienne, elle jugeait cette punition démesurée, injuste.

— L'auteur du coup devait être un amoureux jaloux.

— Pourquoi tu dis ça ?

— Pardi ! Parce que tu vois un autre motif pour la tuer ? Paul... c'est pas toi, au moins ?

— T'es folle ou quoi ?

— Dame ! Tu en tenais pour elle et tout le pays le sait... et il y aura toujours une bonne âme pour le glisser dans l'oreille des policiers et puis...

— Et puis ? Allez, vide ton sac !

— T'es resté dehors de six heures à neuf heures... Où t'es allé ?

— Me promener... J'avais besoin de marcher pour me calmer.

— Faudra que t'expliques mieux que ça.

— Et à qui j'aurais besoin d'expliquer ?

— Aux gendarmes !

Paul se leva d'un bond pour sauter sur Maria et la secouer brutalement :

— Des fois... t'aurais pas envie, toi, d'aller y causer aux gendarmes ?

Rouge, cherchant sa respiration, Maria haleta :

— Tu vas pas... me tuer... moi aussi ?

Dégrisé, l'épicier se laissa retomber lourdement sur sa chaise et déclara d'une voix morne :

— Après tout, agis à ton idée... Je m'en fous...

— Tu sais bien que même si c'était toi qui l'aurais expédiée la Marguerite, je me tiendrais bouche cousue, d'abord parce que je t'aime malgré tout ce que j'endure, ensuite à cause de notre commerce.

Maria Evre était une épouse qui ne perdait jamais de vue les réalités de la vie. Son mari annonça :

— Je retourne me coucher. J'ai sommeil.

Paul s'était levé et se dirigeait d'un pas lourd vers la chambre. Maria savait qu'il mentait, qu'il ne dormirait pas, trop occupé par le souvenir de cette fille à qui un furieux avait serré trop fort la gorge. Sombre, Mme Evre comprenait que la disparition tragique de Marguerite Touques ne ramènerait pas la paix dans son ménage.

La dernière a être au courant avait été la Stéphanie Aniane. Sa joie, en apprenant le malheur avait été si forte, qu'elle avait dû boire un peu d'eau avec de la fleur d'oranger pour se calmer les nerfs. Déjà, elle supputait de quelle façon elle devrait s'y prendre pour diriger les soupçons sur celui-ci ou celui-là sans compter ce curé qui épousait toujours le parti des sans-vertu.

Dès l'aube de ce jour qui marquait dans les annales du village, Baroquier-la-Benoîte entrait en ébullition. On en oubliait le travail pour se perdre dans des commentaires sans fi, apitoyés ou haineux. On se racontait, en la dramatisant (car personne n'en savait rien) la découverte du cadavre par l'Emile Périers. On chuchotait que lorsque Valentin Meslay, en sa qualité de maire, s'était rendu chez les Touques pour les mettre au courant du malheur qui les frappait, le père avait voulu attraper son fusil et coller une chevrotine dans le ventre de l'instituteur. Ce dernier ne devait apprendre le crime que par les gosses. Il en profita pour composer une leçon de morale. De l'avis des gamins et gamines, il n'avait pas témoigné d'un chagrin visible. A cela, les plus avisés répondaient que l'instituteur, homme de savoir, ne montrait pas ses sentiments à tout le monde. Son apparente indifférence ne prouvait pas qu'il n'était pas rongé dans le dedans.

Chez les Périers, on ne vivait plus que dans l'attente des gendarmes et la Marthe ne cessait de tarabuster son garçon en le traitant de tous les noms. Il aurait pas mieux fait de se taire, non ? Il était bien avancé, à présent ! Partout, on pensait sûrement qu'il avait tué la Marguerite ! Celle-là, si elle s'était mieux tenue, ça lui serait pas arrivé ! Emile avait alors regimbé et déclaré qu'il défendait à quiconque de parler de Marguerite de cette façon. Alors, l'Auguste qui rongeait son fein dans un coin, avait attrapé l'aiguillon et crié :

— Causes-y encore comme ça, à la mé' et Crédieu ! je te fais péter les reins, espèce de bandit !

Emile était sortit pour gagner les bois et y pleurer à son aise sur son amour mort en remuant d'extraordinaires projets de vengeance contre l'assassin, ses parents et le village accusés de ne pas reconnaître les mérites de la petite victime.

A la cure, les choses n'allaient guère mieux. Agathe se rongeait les sangs parce que son maître, assis dans son fauteuil, n'ayant pas voulu absorber la moindre nourriture, lui paraissait tout aplati. Brusquement, d'une voix creuse où tremblait une peine profonde, M. Quettehou dit :

— Ils ont osé, les maudits ! dans ma paroisse... Et cette pauvre gosse... On l'apercevait presque pas dans les fougères... Pas grosse, tu sais... je n'aurais pas dû la laisser repartir quand nous nous sommes rencontrés sur le chemin... Elle ne savait plus où elle en était... Il aurait suffi de lui tendre la main...

Pour tenter de le consoler, la servante remarqua :

— C'était peut-être la volonté du Bon Dieu ?

— Ça, c'est l'excuse commode... Nos erreurs, nos lâchetés on les Lui fait endosser !... Et dire qu'il s'en est trouvé un pour me la tuer ma pauvre gamine... sans seulement lui permettre de se mettre en règle avec le Ciel... mais j'ai confiance... Il lui aura pardonné... Quant à son assassin...

— Vous avez une idée ?

— Non et il vaut mieux pas, parce que si je le connaissais, je filerais l'étrangler de mes propres mains !

— Et vous iriez en enfer !

— Ce n'est pas sûr... Ecoute-moi, Agathe, ce maudit, je le trouverai plus vite que la police, si le Bon Dieu veut m'aider un tout petit peu et je te promets qu'avant de le remettre aux gendarmes je lui administrerai une telle râclée qu'il en restera démantibulé pour tout le temps qu'il passera en prison ! Maintenant, je vais à l'église... Il faut que quelqu'un parle pour elle au Seigneur... qu'on Lui explique...

M. Quettehou, au pied de l'autel, pria avec ferveur pour que le chemin de Marguerite Touques, dans le monde où elle avançait en ce moment, ne lui soit pas rendu trop difficile par Celui qui peut tout. Sa foi ardente de prêtre de la vieille école permettait au curé de Baroquier-la-Benoîte de se persuader que le Dieu qu'il servait, protégeait toujours les innocents même quand ils se fourvoyaient. Il se dit que sa protégée écoperait sans doute de quelques années de purgatoire, mais il se promit — aidé de sa paroisse — de lui venir en aide.

Rasséréné, l'abbé sortit de son église par la grande porte et les vit. Elles étaient agglomérées en un petit paquet qui le fit penser à des insectes noirs rassemblés pour se disputer une même proie. Il marcha vers elles. En le regardant approcher, elles s'écartaient les unes des autres.

— Mes filles... Puisque vous n'avez rien à faire, pourquoi n'entrez-vous pas ? Nous pourrions, ensemble, demander l'indulgence du Bon Dieu pour celle qui nous a quittés de façon si brutale, si injuste ?

Elles hésitèrent, se jetant des regards furtifs. La Stéphanie siffla :

— Pourquoi qu'on prierait pour cette catolle (1) ?

Elle a cherché ce qu'elle a trouvé non ? Y en avait que pour elle !

A mesure que la vieille fille crachait le venin qui l'étouffait, les autres femmes s'éloignaient d'elle, peu à peu, et bientôt un grand vide se créa autour de la

(1) Femme de mauvaise vie.

Stéphanie, un vide où elle se tenait devant M. Quettehou. Des hommes qui passaient, s'approchèrent pour assister au spectacle. L'un d'eux cria :

— Je vais l'obliger à se taire, moi, cette saloperie !

La Stéphanie avait perdu toute mesure.

— Vous les entendez, hein, Monsieur le Curé ? Ils prennent sa défense ! même morte, elle continue à les exciter, ces dégoûtants ! mais maintenant, là où qu'elle est, ils peuvent plus espérer la tripoter derrière les buissons !

Haletant, bavant, elle offrait un spectacle assez répugnant. Maîtrisant la colère qui l'agitait, le prêtre déclara d'un ton ferme :

— Vous êtes une malade, Mademoiselle Aniane. J'ai pitié de vous. Vous devriez vous faire soigner ou vous allez devenir folle.

— Vous me traitez de folle parce que j'ai vu clair dans votre jeu ! Vous aussi vous en aviez envie de la Marguerite, pas vrai ? Et quand elle se rendait à la cure, on devine à quoi vous occupiez votre temps tous les deux !

De l'assistance monta un oh ! scandalisé. La fureur que M. Quettehou contrôlait difficilement depuis un moment, rompit ses digues et le curé se jeta sur Stéphanie qui poussa un glapissement de terreur. Il l'attrapa d'une poigne solide par le dos de son corsage, l'enleva comme une plume et, suivi des curieuses alléchées, des curieux rigolards, entra dans l'église, remonta la nef, entra dans le chœur dont les autres n'osèrent franchir la barrière et jetant la harpie au pied de l'autel, ordonna :

— Et maintenant, demandez pardon ! Vous entendez, maudite ? demandez pardon à Dieu de votre méchanceté, pour la saleté qui est en vous !

Domptée, terrorisée, la vieille fille récita un « Confiteor » chevroté. Quand elle eut terminé, M. Quettehou, d'un geste large, la bénit :

— Ego, te absolvo...

La tête inclinée sur sa maigre poitrine, le derrière rentré, Mlle Aniane gagna la sortie en défilant entre des ricanements et des injures. Puis, l'abbé s'adressa aux autres :

— L'incident est clos. Rentrez chez vous et dites une prière pour la petite morte qui, hier encore, riait parmi nous, passait dans les rues de notre village et qui est maintenant devant Dieu. Vous vous rendez compte ? Devant Dieu ! Debout, seulette, en présence du Juge qui un jour, à notre heure, nous fera comparaître ! Prenez conscience, mes sœurs, de ce que pèsent les tristes racontars d'une Stéphanie en face de cette terrible vérité et rappelez-vous qu'il a été dit : ne jugez pas si vous ne voulez pas être jugé ! Allez ! décampez ! rentrez dans vos foyers en remerciant le Seigneur de vous laisser le temps de vous repentir !

Ils partirent, les uns derrière les autres, pleins d'un froid inconnu qui leur glaçait les os.

Bien entendu, l'histoire fit le tour de Baroquier-la-Benoîte et M. Quettehou, unanimement approuvé, assura plus solidement encore sa popularité. La Germaine Essoyes résuma l'opinion générale en reprenant une formule qui lui était familière :

— Pas un village du canton ne peut se vanter d'avoir un curé comme le nôtre !

Après avoir reçu les félicitations de sa servante pour la façon dont il avait traité la Stéphanie, M. Quettehou déjeûna d'une salade de clapotons (1), d'un bout de

(1) Pieds de mouton.

fromage, s'octroya une courte sieste et s'en fut visiter les Touques.

En approchant de Planèze, on avait l'impression que tout y était endormi, figé dans une immobilité insolite. Dans la salle commune, la Jeanne était assise sur un tabouret et ses deux grosses mains inemployées, étalées sur son tablier, ressemblaient à des bêtes mortes. Elle leva la tête à l'entrée du curé et dit simplement :

— Ah ! c'est vous...

— Oui, c'est moi, ma pauvre Jeanne... Je suis là pour vous rappeler que votre petite est seulement absente... vous la retrouverez un jour...

— Si on n'avait pas cette croyance, je me serais jetée dans la boutasse (1).

— Cela aurait été une mauvaise action, Jeanne... Tu n'es pas seule, il y a Alphonse.

Elle haussa les épaules.

— Oh ! lui...

Du coin d'ombre où il remâchait son chagrin, le maître de Planèze grogna :

— C'est facile de s'en prendre aux autres. Ce qu'est arrivé, c'est de ta faute ! Si on m'avait écouté, la Marguerite, on l'aurait collée au cul des vaches au lieu de lui donner de l'instruction ! mais y avait rien de trop beau pour elle ! Elle voulait devenir une dame ! ses parents, ils étaient plus dignes d'elle ! et voilà !

Le bonhomme se leva, tremblant de colère.

— Et moi je dis que c'est bien fait ! qu'elle a eu ce qu'elle méritait !

Jeanne gémit :

— Vous l'entendez, Monsieur le Curé ? Vous l'entendez ce monstre de nature ?

Hors de lui, le mari hurla :

(1) Mare.

— C'est à cause de toi qu'elle est morte ! à cause de toi, t'entends ?

M. Quettehou se porta au secours de Jeanne.

— Tu ne trouves pas que tu as débité suffisamment de sottises, Alphonse ? Tu n'estimes pas que ta Jeanne est assez malheureuse comme ça ? A ta place, j'aurais honte et je lui demanderais pardon. Seulement, tu n'as pas le courage... Il faut être un homme pour reconnaître son erreur et en ce moment, tu n'es plus un homme, Alphonse. Alors, c'est moi qui demande pardon pour toi, à ta femme... Jeanne, tu dois lui pardonner... Il ne sait plus ce qu'il raconte... Il ose prétendre qu'il est heureux du malheur arrivé à votre enfant, regarde-le : il est tellement heureux qu'il ressemble à un saule pleureur. Alphonse, essaie de te reprendre, de comprendre qu'à travers sa fille, Jeanne a souhaité vivre ce à quoi elle avait rêvé durant sa jeunesse... Tu ne peux pas lui en vouloir, ou alors tu es un malhonnête.

Alphonse fut sur le moment de répliquer, mais il se tut. Puis, d'un pas hésitant, il s'approcha du curé qui, du menton, lui désigna sa femme. Alphonse posa ses gros doigts crevassés d'où la terre ne partait jamais complètement sur l'épaule de sa compagne et déclara :

— T'en fais pas la Jeanne... C'est la mort de Marguerite qui me fait déparler...

Le prêtre sourit :

— Vous devez être plus unis, plus près l'un de l'autre que jamais... A deux, on supporte mieux les épreuves que Dieu vous envoie... Nous ne devinons pas pour quelles raisons, mais que pouvons-nous comprendre avec nos petits cerveaux ? Je sais combien c'est dur, mais nous devons nous soumettre et nous répéter, pour essayer d'avoir moins mal, que tout cela répond à un plan que nous ne connaissons pas, mais que nous connaîtrons un jour.

Alphonse retourna dans son coin et se remit à nettoyer

les pièces du fusil qu'il avait démonté. L'abbé demanda :

— Tu ne penses quand même pas à aller chasser ?

L'autre ricana :

— Ça dépend à quel gibier vous pensez ?

— Je ne saisis pas ?

— Facile, pourtant, Monsieur le Curé ! Ce soir, quand mon fusil sera en état, j'irai y foutre une charge de chevrotines dans les tripes !

— Tiens donc ! et à qui réserves-tu ce traitement ?

— A l'assassin, pardi !

— Parce que tu le connais ?

— Comme tout le monde.

— Et c'est... ?

— L'instituteur ! et si je le descends pas du premier coup, je le saignerai comme un cochon !

— Bravo ! voilà un langage de chrétien ! et tu oses me crier de pareilles horreurs en face ! à moi un serviteur de Dieu ! aurais-tu perdu ton âme, Alphonse ?

— Mon âme ? Je m'en fous ! le Bon Dieu ? je m'en fous aussi puisqu'il a permis qu'on tue ma petite ! et je vais vous confier une bonne chose, curé : je me fous de vous aussi !

Jeanne se remit à pleurer.

— L'écoutez pas ! Il sait plus ce qu'il raconte.

Mais le père Touques ne l'entendait pas de cette oreille.

— Je vous emmerde tous ! mon âme, le curé et son Bon Dieu !

M. Quettehou attrapa le fût du fusil qui était sur la table et le brandit, à deux mains, au-dessus de sa tête :

— A genoux, blasphémateur ! à genoux ! Que tu m'insultes, aucune importance ! Que tu souhaites perdre ton âme, ça te regarde ! mais je n'admets pas, qu'en ma présence, tu injuries le Christ mort su Sa croix ! A genoux, impie, ou je t'assomme pour la plus grande gloire de Dieu !

Alphonse éprouva une telle peur que, non seulement, il s'agenouilla pour recevoir une bénédiction ressemblant à une figure de boxe, mais encore — sitôt M. Quettehou parti — il dut se coucher et souffrit de dysenterie pendant deux jours.

Jamais, depuis la mort de Marguerite, le café n'avait connu une telle clientèle. Pratiquement, la salle ne désemplissait pas et, à tout bout de champ, il y en avait un qui poussait la porte sous prétexte de boire un canon, en vérité pour en rencontrer un autre avec qui il pourrait échanger ses idées sur le crime et son hypothétique auteur. A partir de dix heures du soir, il était presque impossible de trouver un coin pour s'asseoir et les Essoyes se frottaient les mains. Sans doute déploraient-ils la fin tragique de la fille des Touques, cependant ils n'avaient pas l'hypocrisie de se plaindre du fait que ce meurtre grossissait leur bas de laine.

Au début des conversations, chacun, en paysan prudent, ne s'aventurait guère en des positions extrêmes et quand l'un d'eux, plus hardi, lançait un nom qui aurait pu convenir au criminel, on répondait par des : « Va t'en savoir ? », « Qui peut dire ?, « A la réflexion... », « Y a pas d'impossibilité... », « Les esprits sont si tordus, ces temps.... », formules tempérées qui n'approuvaient pas clairement et encourageaient, toutefois, à poursuivre. Puis, au fur et à mesure que le nombre de chopines vidées devenait sérieux, on oubliait sa réserve et on libérait ce qu'on portait au fond de soi depuis qu'on avait appris la nouvelle. Si les buveurs différaient d'opinion quant à la personnalité de l'assassin, tous se retrouvaient d'accord pour s'indigner de l'apparente passivité de la police. Que foutaient donc les gendarmes, Bon Dieu ? Ils ne s'étaient pas montrés au village depuis qu'ils avaient emporté la dépouille de Marguerite à Saint-Etienne. Un sage déclara que les policiers attendaient de savoir exactement de quoi la petite victime était morte pour prendre une décision. Cette opinion souleva d'unanimes protestations et, en dépit du sujet, des rires moqueurs. Quelqu'un cria :

— Tu penses pas qu'elle serait morte d'anémie, des fois ?

Un autre appuya :

— Le maire et le curé ont affirmé qu'elle avait été étranglée, la Marguerite... Les gendarmes en savent autant qu'eux à présent, nom de Dzi !

— Un hargneux — connu pour ses opinions politiques — insinua :

— La mort d'une fille de paysan n'intéresse pas les gros de la ville.

De son bar, Baptiste Essoyes répliqua :

— Y avait une connerie à dire, tu l'as pas loupé, Francis. Pourquoi tu nous expliques pas qu'en Russie, ça serait pas de même et que l'assassin, il serait déjà sous les verrous ? et que, comme par hasard, ce serait un opposant au régime ?

Francis voulut protester, on ne lui en laissa pas le loisir, tant on l'accabla d'injures amicales. Fier de sa victoire, le cafetier ajouta :

— Pendant que tu y es, Francis, pourquoi tu soutiens pas que c'est parce qu'il allait à la messe, que le meurtrier a commis son crime ?

— Non, c'est pas mon avis et pourtant... il y a des chances pour que celui qu'a fait le coup, il y soit allé souvent à la messe !

Essoyes se mordit les lèvres. Il aurait mieux agi en se taisant. Le silence qui suivit la réflexion du Francis prouvait que tous réalisaient, en effet, que l'assassin était l'un d'eux et, comme eux, assidu à l'office dominical, voire à la communion mensuelle. La gêne s'installait lorsqu'on entendit le gros Bernard — qui tenait la ferme la plus éloignée du village -- remarquer :

— Si ce qu'on raconte sur les fréquentations de la petite et avec qui elle s'achinait, est vrai, c'est pas démontré que le bandit qui y a serré le cou, il allait à la messe...

C'était désigner on ne peut plus clairement, l'instituteur. Ça devenait grave parce que M. Héné connaissait la loi et devait savoir s'en servir.

L'entrée de M. Quettehou fit diversion. Il laissa un instant la porte ouverte pour amener un peu d'air frais dans cette tabagie où il s'enfonçait. On se tut pour regarder le prêtre aller jusqu'au comptoir où il s'adossa :

— Je me doute de quoi vous discutez. Je voudrais être convaincu que vous ne racontez pas de saloperies au sujet d'une qui ne peut plus se défendre... S'il en était autrement, vous auriez affaire à moi. Vous savez que c'est l'Emile de Planèze qui a découvert le corps. Il nous y a amenés avec Valentin. Un triste spectacle. J'en suis pas encore remis. J'aimais beaucoup Marguerite. Elle avait emprunté, paraît-il, un mauvais chemin, mais je le lui aurais fait quitter... Elle devait venir me parler de ses soucis, seulement l'assassin ne lui en a pas laissé le temps... Certains d'entre vous, à ce qu'on m'a rapporté, grognent après les gendarmes... Ils jugent qu'ils tardent à se mettre en action... Laissez-les travailler à leur guise. Ils ont l'habitude, pas vous. Maintenant, écoutez : j'ignore ce que va décider la police et je m'en fiche parce que désormais, entre le meurtrier de Marguerite Touques et moi, c'est une histoire personnelle. Celui qui a tué la petite est peut-être là, assis à une table et il m'écoute. A celui-là, dont je ne connais encore ni le visage ni le nom, je dis : garde-toi bien parce qu'avec l'aide de Dieu, je t'arracherai ton masque !

Le cafetier crut résumer l'opinion générale :

— On est tous avec vous, Monsieur le Curé.

L'abbé haussa les épaules et répondit avec amertume :

— Tous... sauf un.

Baptiste qui s'entêtait à vouloir éclaircir l'atmosphère, proposa :

— Prenez place à une table, Monsieur le Curé, je vous paie une chopine !

— Je te remercie, Baptiste, tu es brave... Je ne veux pas courir le risque de boire une chopine avec l'assassin, mais je ne refuse pas de l'emporter.

II

On avait rendu la dépouille de Marguerite à ses parents et le village entier se pressait aux obsèques.

M. Quettehou, assisté de Tonin, ayant prononcé les prières précédant le saint sacrifice, se tourna vers la foule et pendant quelques secondes, il resta là, sans un mot, regardant ce bloc où les silhouettes se fondaient les unes dans les autres pour ne donner qu'une sorte d'être énorme, multiforme dont le prêtre écoutait le halètement. Ce n'était plus les Francis, les Bernard, les Valentin, les Auguste, les Alphonse, les Maria, les Marthe, les Eugénie, les Jeanne, les Christine, les Germaine, mais Baroquier-la-Benoîte avec ses différents visages.

Au pied des marches de l'autel, le catafalque où dormait une enfant assassinée. Tous les yeux étaient fixés sur le cercueil apprenant au village qu'il n'était pas à l'abri des misères humaines. Au premier rang, le père et la mère aux figures ravagées. D'autre côté de l'allée centrale, les Périers — simplicité ou défi ? — étaient là, bien en vue, juste à côté des Meslay et le maire avait ceint son écharpe. L'Emile, effondré sur le banc, ne bougeait pas, la tête baissée. Un peu plus loin, le curé distingua Paul Evre et sa femme. Tout au fond, l'instituteur se tenait près de la porte. Il ne manquait personne. Alors, M. Quettehou ouvrit largement les bras et lança :

— Dominus vobiscum...

D'un seul élan, ils répondirent avec une espèce de violence :

— Et cum spiritu tuo.

Avant de revenir à l'autel, l'officiant eut le temps de voir deux gendarmes qui, le képi à la main, se glissaient dans l'église et derrière eux, un civil que M. Quettehou ne connaissait pas. Un étranger. Tout à fait à droite, cachée du plus grand nombre, Agathe appinchait (1) les uns et les autres. Le prêtre sourit en pensant que la servante scrutait les visages dans l'espoir de découvrir le coupable, puis il demanda pardon à Dieu de cet instant de distraction et se jeta à corps perdu dans le Credo.

Chacun attendait le sermon que ne manquerait pas de prononcer le curé. Quand en vint le moment, on eut l'impression que l'assistance s'arrêtait de respirer. Pour marquer la solennité de l'heure, le prêtre monta en chaire, ce qui ne s'était pas vu depuis plusieurs années et une sorte de Ah ! assourdi et longuement prolongé courut sur la foule des fidèles à la façon d'une risée sur la surface d'un étang.

« Mes frères...

Nous voilà réunis auprès de ce cercueil renfermant les restes d'une enfant que nous avons vue grandir, que nous avons aimée sur la terre et que nous aimerons encore plus à présent qu'elle est au Ciel. Il faut qu'elle sente que nous communions dans la même douleur... A son père et à sa mère, nous disons : nous vous comprenons... nous partageons votre chagrin et nous pleurons

(1) Epiait.

avec vous... Pour moi, votre vieux curé, cette mort injuste est la peine la plus cruelle qui pouvait m'atteindre... D'abord parce que voir partir un être au printemps de sa vie est intolérable, ensuite parce que le criminel est un de vos frères, un de mes paroissiens que mon enseignement n'a pas touché... et dont l'acte abominable porte ma propre condamnation. Je n'ai pas dû remplir convenablement ma tâche... A tous, je demande pardon.

« Autour de ce catafalque, je vois les petites filles que Marguerite a été avant de devenir la belle demoiselle que nous connaissions. Je sais, hélas ! que plusieurs d'entre vous, mes sœurs, la jalousaient, mais je suis persuadé qu'il n'en est pas une, aujourd'hui, pour ne pas éprouver un peu de honte et beaucoup de regret... Je sais que quelqu'uns d'entre vous, mes frères, s'abandonnaient soit à des rêveries romanesques, soit à des appétits sur lesquels je n'insisterai pas... Je les laisse à leurs remords.

M. Quettehou prit une profonde inspiration et tonna :

« J'ai la chair de poule en songeant que le criminel responsable de ce sang, de ces larmes, est là, parmi vous, qu'il a deux voisins ne se doutant pas, et pour cause, qu'ils côtoient un être abominable.

On bougea sur les chaises et sur les bancs. On entendit des semelles traîner sur le sol. Chacun jeta un coup d'œil à chacun et Agathe, dressée, s'efforçait d'apercevoir celui sur les traits duquel passerait l'ombre de la peur.

« Parce qu'il est caché au milieu de vous, il se croit en sûreté. Mais tu te trompes, Caïn ! La droite du Seigneur va s'abattre sur toi et que répondras-tu lorsqu'au tribunal de Dieu, on te demandera : qu'as-tu fait de ta sœur ? Tu imagines, dans ton orgueil démesuré, que tu pourras échapper à la Justice divine ! Insensé ! Bientôt, nous te verrons te traîner à genoux pour solliciter une grâce qui ne te sera pas accordée ! Déjà, j'ai mal en pensant que tu as peut-être une femme, des enfants et qui eux, paieront pour toi, avec toi ! C'est pour eux que nous devons supplier le Bon Dieu et sa Mère d'avoir pitié... Récitons tous ensemble un Pater et un Ave. »

Un vent aigre faisait s'incliner les fleurs fraîches sur les tombes du cimetière et voleter des cheveux noirs et gris. M. Quettehou prononça les prières d'usages puis tendit le goupillon à Alphonse Touques. Ensuite, tandis que les parents de Marguerite et leur alliés allaient se placer près de la porte, le curé resta debout à côté de la tombe, espérant sans trop s'illusionner, que la main du criminel tremblerait au moment de bénir le corps de celle qu'il avait tuée.

Sur le chemin du retour, Valentin Meslay fut rejoint par le civil qui s'était glissé à la suite des gendarmes dans l'église. Parvenu à la hauteur de Meslay, l'inconnu demanda :

— On m'a appris que vous étiez le maire de Baroquier-la-Benoîte...

— C'est exact... Monsieur ?

— Inspecteur Rulles, du S.R.P.J. de Lyon... Pourrions-nous avoir un instant d'entretien ?

— Venez dans mon bureau.

Le policier donna l'ordre aux gendarmes de l'attendre et suivit Valentin.

Quand ils furent assis, Rulles déclara :

— Inutile, je pense, Monsieur le Maire, de vous préciser les raisons de ma présence.

— Inutile, en effet.

— Marguerite a été assassinée par strangulation. Je suis chargé de trouver son meurtrier.

— Nous souhaitons tous que vous aboutissiez le plus tôt possible, car je crains que l'atmosphère ne devienne irrespirable.

— Pourquoi ?

— Suspicions, calomnies, racontars...

— Je vois... La difficulté pour moi tient d'abord à ce qu'il s'agit vraisemblablement d'un crime élémentaire et quoi qu'on en puisse croire c'est la catégorie la plus difficile à élucider quand elle ne l'est pas dans les quarante-huit heures. Ensuite, j'ignore tout du milieu où il me faut évoluer. J'ai tenté de parler aux parents, mais ces malheureux sont effondrés et pleurent une enfant qui n'était sans doute pas exactement ce qu'ils se figurent aujourd'hui. Il paraît que la victime occupait le poste de secrétaire de mairie. Vous l'avez donc bien connue, Monsieur le Maire et c'est pourquoi je suis venu vous prier de me parler d'elle.

— J'ai assisté au baptême de Marguerite Touques, il y a dix-neuf ans, puis je n'ai plus prêté attention à elle jusqu'au jour où elle s'est affirmée l'élève la mieux douée de la commune. Certificat d'études, presque le B.E.P.C. Elle était malade au moment de l'examen. Avec un autre père, elle aurait sans doute été beaucoup plus loin... mais ses parents ne voulaient pas qu'elle aille habiter seule Saint-Etienne... Pour gagner un peu d'argent et pour apprendre le rudiment, je l'ai engagée comme secrétaire sur la recommandation de M. l'abbé Quettehou, notre curé. Je n'ai eu qu'à me louer de ses services.

— Donc, un bon point sur le plan professionnel. Et sur le plan privé ?

— Elle n'avait que dix-neuf ans, vous savez. Une très jolie fille, ayant beaucoup de goût et coquette. Un peu aguichante même, ce qui lui a aliéné la sympathie de pas mal de mes administrées craignant pour leur ménage. Elles exagéraient naturellement.

— Pourtant, il n'y a pas de fumée sans feu ?

— Il est évident qu'elle déclenchait des appétits pas très orthodoxes. A la campagne, on ne s'embarrasse pas de théories philosophiques. Marguerite plaisait trop à certains et ceux-là se jalousaient entre eux.

— Nous y voilà peut-être... Monsieur le Maire, me donneriez-vous les noms de ces... certains ?

Valentin hésita un instant puis, haussant les épaules :

— Pourquoi refuserais-je de vous les nommer ? Vous n'aurez pas interrogé deux personnes que vous saurez tout. Alors, j'aime autant que ce soit moi qui vous en parle, je crois pouvoir être plus objectif... Il y a un fait évident c'est que depuis quelque temps, la petite Touques se rendait souvent, à la nuit tombée, chez M. Héné, l'instituteur.

— Son amant ?

— C'est ce que les femmes prétendent, mais elles n'y ont pas été voir.

— Ensuite ?

— Il y a Emile, le fils des Périers. Un gamin de vingt ans. Il était fou de la petite. Il en perdait le boire et le manger. Il semblerait qu'elle ne l'ait guère écouté puisqu'il parlait de se détruire. C'est lui qui a découvert le corps.

— Tiens, tiens... On l'a trouvé dans la forêt, n'est-ce pas ? et à une heure tardive ? qu'est-ce que fabriquait donc ce garçon dans le coin et dans la nuit ?

— Il ne m'appartenait pas de le lui demander.

— Eh si ! Monsieur le Maire, vous êtes officier de police. Mais rassurez-vous, j'aurai tôt fait de réparer cet oubli. Personne d'autre ?

— Ma foi... il y a encore, mais je suppose que ce sont des on-dit... Paul Evre, le mari de l'épicière... On raconte que lui aussi ne rêvait que de Marguerite, mais encore une fois, les langues ne sont pas toutes bonnes dans ce village.

— La liste est close ?

— A ma connaissance, oui.

— Maintenant, Monsieur le Maire, je souhaiterais connaître votre opinion personnelle sur Marguerite Touques ?

Valentin ferma à demi les yeux comme pour retrouver des images.

— Je l'aimais bien... J'ai une fille de son âge... Une gentille enfant... Peut-être sa réussite lui avait-elle tourné un peu la tête... Elle s'amusait en parlant d'un avenir impossible auquel elle faisait semblant de croire... Elle tenait à la vie, à ses plaisirs... Un excès de coquetterie, mais c'était de son âge... Elle ne comprenait pas qu'on n'agisse pas toujours comme on veut dans la vie... Elle a payé cher son entêtement...

— Vous... vous avez une idée de celui qui...

— Non.

— Même en y réfléchissant ?

— Même... C'est trop grave pour parler à la légère... Il s'agit de la tête d'un homme.

Le policier examina longuement Valentin et sut qu'il n'en obtiendrait rien de plus. Cette crainte atavique d'être mêlé aux histoires d'autrui avec toute la suite de haines, de désirs, de vengeance qu'une parole lancée à la légère risque de déclencher. Une peur paysanne, semblable à elle-même depuis des siècles. L'inspecteur changea de sujet.

— J'ai assisté à l'office célébré pour le repos de l'âme de Marguerite Touques... J'ai entendu votre curé... Dites-moi, il m'a l'air d'un personnage hors du commun. Est-ce que je me trompe ?

Pour la première fois depuis leur rencontre, Valentin Meslay se détendit.

— Pas commun, c'est le mot ! Je vous confierai que

Baroquier-la-Benoîte est très fière de son curé et toutes les communes du canton nous l'envient. Il aime tout le monde et quand il n'est pas chez Paul, il est chez Pierre. Bref, vous êtes sûr de le trouver partout où il y a un malheur... et il n'y a pas besoin que ce soit un grand malheur pour qu'il apparaisse.

— Pas d'histoire de femmes ?

— Jamais... Vous savez, il a dépassé la soixantaine... Il m'a confié qu'au début c'était dur, mais maintenant... Il n'y a jamais eu qu'une femme dans sa vie, Agathe, sa servante, une veuve de 75 ans qui ressemble à une branche d'arbre mort... Ils passent leur temps à se disputer, mais ils s'adorent...

— Quels étaient les sentiments du curé à l'égard de la victime ?

— Paternels... Il se désolait de ce qu'on put raconter des vilénies sur son compte... C'est lui qui m'avait conseillé de l'engager en qualité de secrétaire de mairie. Je n'ai eu qu'à me féliciter de l'avoir écouté. Toutefois, il se montrait inquiet...

— A quel sujet ?

— La petite lui causait des soucis. A force d'entendre les mauvaises langues lui conter pis que pendre de Marguerite, il s'était mis à douter de sa vertu... Il avait l'intention de tenter une démarche pour qu'on lui trouve une place à Saint-Etienne...

— Et pour ça parce que ?...

— Parce qu'elle enflammait tous les mâles du coin.

— L'instituteur, l'épicier et le jeune Emile ?

— Entre autres.

L'inspecteur alluma une cigarette :

— En somme, Monsieur le Maire, si je résume la situation nous avons un village paisible où une jeune fille jolie et intelligente sème le trouble, suscite les commentaires les plus malveillants et est assassinée par un jaloux...

— Ou une jalouse.

— Une femme ? Vous n'avez pas dû prendre garde aux marques que la victime portaient au cou ? elle a été étranglée par quelqu'un qui avait de la poigne.

— Mes administrées, Monsieur l'Inspecteur, sont aussi fortes que la plupart de vos citadins.

— Vous avez raison et j'avoue que je n'avais pas pensé à ça. Bon ! eh bien ! Monsieur le Maire, demain lundi nous commencerons sérieusement l'enquête.

— Pourquoi pas aujourd'hui ?

— Réfléchissez, Monsieur le Maire... Vous admettez, ainsi que je le fais, que c'est un habitant de Baroquier-la-Benoîte qui a tué Marguerite Touques ?

— Il y a de grandes chances.

— Et celui-là il ne peut pas quitter le village sans se dénoncer immédiatement. D'accord ? Alors, à quoi bon se presser ? Je vais rentrer passer mon dimanche chez moi après avoir été saluer votre saint homme de curé.

Valentin se mit à rire.

— Saint homme ! il ne faut pas exagérer !

— Aurait-il un défaut ?

— Oui, hélas ! et un sérieux... Une tendresse trop grande pour la chopine... Une centpotte (1) ne lui fait pas deux mois... et le soir, il lui arrive bien des fois de rentrer à la cure en titubant, mais dans la discrétion tout de même, et quand c'est trop grave, il en rencontre toujours un pour lui donner un coup de main jusqu'à chez lui.

En sortant de la mairie, Rulles ordonna aux gendarmes de regagner leur caserne et de ne plus s'occuper de l'affaire Touques, en attendant qu'il fasse, de nouveau, appel à eux. Il prenait les choses en main. Les gendarmes grimpèrent dans leur voiture et filèrent vers Trous-

(1) Tonneau de 100 à 120 litres.

sis. Le policier se dirigea vers son propre véhicule et s'apprêtait à y monter lorsque quelqu'un demanda :

— Est-ce que je pourrais vous causer ?

Rulles se retourna pour voir une femme, déjà âgée, aux traits émaciés, au nez proéminent, mais mince, des yeux petits et vifs.

— A quel sujet, Madame ?

— Mademoiselle... au sujet du crime...

— Ah ?

Dans un chuchotement, elle dit :

— On sait des choses...

— Dans ce cas... où voulez-vous que...

— J'habite la dernière maison du village, juste avant l'endroit où le chemin commence à descendre, vous pouvez pas vous tromper... Je suis la seule du pays à avoir des volets verts ! Dans cinq minutes ?

— Dans cinq minutes, entendu.

Il la regarda s'éloigner à petits pas pressés, légèrement penchée en avant. Elle fit penser le policier à un gros insecte se hâtant vers son refuge. Lui ayant laissé prendre quelque avance, il partit à son tour d'une allure de promeneur. Au moment où il passait devant le café, la porte de l'établissement s'ouvrit devant un homme portant un panier à bouteilles, suivi d'une femme qui lui cria :

— Et surtout, Baptiste, dis bien à Mlle Agathe que si M. Quettehou manque de quoi que ce soit, elle a qu'à venir le chercher ici !

Alors qu'elle s'apprêtait à rentrer, Rulles l'interpella :

— Madame... la patronne de ce café, sans doute ?

— Oui.

— Je suis l'inspecteur chargé d'enquêter sur la mort de Marguerite Touques.

— Et alors ?

— Ce vin... c'est au curé que vous l'envoyez ?

— Tout juste.

— On m'a raconté qu'il buvait beaucoup ?

— Et puis après ?... Jamais il s'est montré saoul, vous entendez ? Un curé, c'est un homme comme les autres... Il a bien droit à des faiblesses... M. Quettehou, c'est le vin... Vaut mieux ça que s'il courait aux jupes de ses paroissiennes, non ?

— Je ne sais pas.

— Moi, je vais vous dire : que personne s'avise de toucher à notre curé, ça déclencherait la révolution ! parce que des plus braves que lui, il y en a pas !

Le ton de celle que l'inspecteur ignorait s'appeler Germaine Essoyes mettait fin à toute tentative pour poursuivre le dialogue. Rulles reprit sa promenade ayant pour but d'arriver à la maison de la demoiselle qui souhaitait devenir une auxiliaire de la police.

Rulles n'eut aucune peine à trouver la demeure qu'il cherchait. Avec ses volets verts, les mille petits détails soigneusement entretenus ou nettoyés, le banc verni accoté contre la façade affirmaient que la propriétaire avait un souci méticuleux de la propreté. Le policier frappa. Aussitôt la porte s'entrebâilla tandis qu'on chuchotait :

— Entrez vite !

Sur le moment, cette atmosphère de conspiration amusa le policier. Il pénétra dans une pièce qui, apparemment, était une cuisine, toutefois la table et les chaises indiquaient qu'elle se transformait en salon à l'occasion.

— Vous prendrez bien quelque chose, Monsieur l'Inspecteur ?

— Non, merci.

— Je m'appelle Stéphanie Aniane... Je suis née dans ce village, mais autant vous l'apprendre tout de suite, on n'y m'aime pas.

— Ah ?

— Parce que je leur fais honte! et pourquoi je leur fais honte ? parce que je suis propre... Je ressemble pas à toutes ces saletés qui cessent pas de courir après les mâles... Des chiennes en chaleur, Monsieur l'Inspecteur !

Rulles comprenait à qui il avait affaire.

— A propos du meurtre de Marguerite Touques...

— Celle-là, elle a eu ce qu'elle méritait! Tous les hommes, elle les affolait ! Y en avait que pour elle ! et au lieu de la blâmer, tous l'admiraient ! même le curé !

Le policier entra dans le jeu.

— Par exemple! le curé ? On m'en a fait l'éloge, pourtant !

— Parce que ceux-là ils savent pas ce qu'il se passe à la cure entre sa servante et lui! des dégoûtations, Monsieur l'inspecteur ! vous m'entendez ? des dégoûtations ! cette Agathe, le vice lui sort de partout... Alors, rien d'étonnant, pas vrai ? à ce qu'il se soit acoquiné avec cette saloperie de gamine... Et qui peut savoir ? des fois qu'elle aurait voulu le faire chanter, il a pu lui serrer le kiki, non ? Tenez, quelques heures avant sa mort, je l'ai trouvée dans les bras du curé, aussi vrai que je vous vois !

— Où cela ?

— En plein milieu du chemin du Roucas.

— Ils se cachaient ?

— Pensez-vous !

— Curieux... On m'a cité d'autres noms à propos de la victime.

— L'Emile Périers, sûrement... Il était amoureux fou de Marguerite, mais un fils de paysan, Mademoiselle s'en fichait ! elle voulait devenir une dame, c'est pour ça qu'elle couchait avec l'instituteur. Elle devait espérer qu'il l'épouserait... A la rigueur, elle se serait contentée du Paul Evre, l'épicier...

— N'est-il pas marié ?

— Elle s'en moquait pas mal ! Oh ! elle aurait trouvé un moyen de le faire divorcer, à moins que...

Elle baissa la voix.

— A moins que ?

— Ils se soient entendus pour supprimer cette pauvre Maria qui les gênait...

— Le curé, cet Emile, l'instituteur, l'épicier, vous ne pensez pas que cela fait beaucoup ?

— Pas pour cette garce ! une mangeuse d'hommes !

Rulles se leva et d'une voix coupante, il avertit Stéphanie :

— Je vous rappelle, Mademoiselle, que dans une histoire de meurtre, diriger les soupçons de la police sur celui-ci ou celui-là quand on n'a pas la moindre preuve, est très grave... Vous pourriez vous retrouver en prison, un de ces jours... à moins que, vu votre âge, on ne préfère vous expédier à l'asile psychiatrique. Permettez-moi donc un conseil avant de vous quitter : taisez-vous. Cela vaudra mieux pour tout le monde et d'abord pour vous.

En frappant à la porte de la cure, M. Rulles avait l'intention de bavarder un peu avec le curé qui l'intéressait de plus en plus. Il devina, sans avoir un gros effort à faire, que la petite bonne femme sèche et ratatinée qui lui ouvrait devait être l'Agathe que cette demi-folle de Stéphanie chargeait de tous les péchés qu'elle aurait voulu commettre.

— Madame Agathe, je présume ?

— Oui.

— Mlle Aniane m'a longuement parlé de vous.

— Celle-là, quoi qu'en dise M. le Curé, faudra que j'y règle son compte un jour ou l'autre !

— Attention ! je suis officier de police.

— Et puis après ? Si je prends envie de me l'assommer, cette charipe, personne m'en empêchera, même pas le Bon Dieu à moins qu'il me fasse mourir d'un coup ! et à part ça, qu'est-ce que vous voulez ?

— Parler à M. Quettehou.

— Il est pas là. Il déjeune chez le maire. Il sera pas de retour avant la nuit.

— Je reviendrai donc cette nuit.

— C'est que... il sera peut-être pas en état... alors vaudrait mieux que...

— Vous l'aimez bien votre curé, n'est-ce pas ?

— J'y ai pas de mérite, y a pas meilleur homme sur la terre... Et ça me fait mal de le voir... silencieux, ces temps... Il me crie même plus après... hier soir, il s'est couché sans boire son canon... J'ai peur que son chagrin lui tombe sur l'estomac et qu'il ait plus goût à rien...

— Et pour quelle raison est-il si malheureux ?

— A cause de la Marguerite... Il a jamais cru qu'elle se conduisait pas bien... Pour lui, c'était toujours la petite fille d'autrefois... Il imagine pas, le pauvre, que les gamines grandissent et pas toujours en sagesse.

Le boulanger, Jérôme Chatel, gendre du boucher, savourait à l'avance la tête qu'allaient faire son beau-père, l'Auguste Périers, et le Paul Evre quand il annoncerait son 200 de valets, lorsque le Tonin entra dans le café à une vitesse telle qu'il alla s'aplatir contre le bar en criant :

— Y a l'Agathe qu'est en train de tuer la Stéphanie !

Comme un seul homme, ils sortirent en se bousculant et coururent jusqu'à la maison de la vieille fille où un spectacle inattendu les cloua sur place. L'Agathe, assise sur le banc, orgueil de la demoiselle Aniane, tenait cette dernière à plat ventre sur ses cuisses écartées et tandis que de la main gauche elle l'agrippait à la nuque, de la droite armée d'un battoir à linge, elle lui administrait une fessée qui ferait date dans l'histoire de Baroquier-la-Benoîte.

Cette correction plaisant à tout le monde, on attendit encore quelques minutes avant d'arracher Stéphanie aux poignes nerveuses d'Agathe. On transporta la victime jusqu'à son lit où l'on dut l'allonger à plat ventre, le côté pile de sa personne étant hors d'usage. Mais quand Lussan, le boucher, le quasi-contemporain de Stéphanie, voulut lui trousser les cottes pour se rendre compte de l'étendue du dégât et voir s'il y avait lieu d'appeler le médecin, la vieille fille poussa des hurlements désespérés et jura qu'elle préférait demeurer toute brisée plutôt que de montrer son derrière à qui que ce soit et surtout à un homme dont elle n'ignorait rien des vilains désirs lui trottant dans la cervelle. Lussan soupira :

— Stéphanie, pauvre nioche (1) vous me croyez bien plus fort et bien plus affamé que je le suis...

Ils s'en allèrent en rigolant et Mlle Aniane resta seule, essayant d'apaiser son humiliation avec de terribles projets de vengeance. Elle n'y parvint pas et dut se tamponner les fesses avec de l'arnica qui est la panacée des pays de chez nous.

Contrairement à ce qu'elle redoutait, Agathe dut constater que M. Quettehou rentrait de chez les Meslay en pleine possession de ses facultés. La mort de Marguerite l'avait incliné à une sobriété qui n'était malheureusement pas dans ses habitudes. A le voir morose, la servante regretta les soirs où elle aidait son maître à se déshabiller pour gagner son lit qui — affirmait-il alors

(1) Fille gauche.

— mettait une malignité diabolique à ruer ou à s'échapper à chaque fois qu'il y voulait grimper. De plus, la lucidité du prêtre promettait de rendre plus difficile la confession qu'Agathe allait être contrainte de lui faire à propos de son différend avec Stéphanie.

Elle s'y décida après le bouillon dont M. Quettehou affirma devoir se contenter pour dîner. Elle prit son courage à deux mains et fonça :

— Faut que je vous dise que le policier — vous savez celui qu'est en civil ? — il désirait vous rencontrer... J'y ai répondu que vous étiez pas là. Il a promis de revenir. Peut-être ce soir...

— Il ne t'a pas confié ce qu'il voulait ?

— Non, mais il m'a parlé des horreurs que Stéphanie lui avait débitées sur mon compte et sur le vôtre, forcément.

— Ne t'occupe pas de Stéphanie... Elle est à moitié folle...

— C'est que...

— C'est que... quoi ?

— Je m'en suis occupée.

Le prêtre jeta un coup d'œil au bâton servant à battre les tapis.

— Non... Je me suis servie de ma maluche.

— Mon Dieu ! comment as-tu osé...

— Fallait que j'essaie d'y sortir le vice du corps... Je reconnais que j'y en ai mis une bonne... Je suis sûre que de quinze jours elle pourra pas s'asseoir normalement... Heureusement que le Bernard Lussan me l'a arrachée des mains, je crois bien que je l'aurais petafinée (1) à mort cette vipère !

La vieille bonne fut prise d'un fou-rire inextinguible. M. Quettehou se scandalisa :

— Tu as l'air fière de toi, ma parole ?

(1) Abîmée.

Agathe s'essuya les yeux avec le coin de son tablier.

— Si vous aviez entendu les hurlements qu'elle a poussés quand le Bernard a voulu constater les dégâts !

— Tu devrais avoir honte !

— Je devrais, d'accord, mais je peux pas, je suis trop contente.

— Et si les gendarmes viennent t'arrêter ?

— Vous les empêcherez.

— Moi ? jamais de la vie ! au contraire, je leur dirai de te passer les menottes !

Agathe regarda, apitoyée, la fausse colère de l'abbé.

— C'est pas Dieu possible que vous puissiez dire de si gros mensonges !

M. Quettehou allait peut-être s'emporter pour de bon si l'on n'avait pas frappé à la porte. Le prêtre proféra d'une voix glaciale :

— Je crois que tu agirais sagement en préparant ta valise, ce sont sûrement les gendarmes.

Ce coup-là, Agathe n'avait plus du tout envie de moquer son maître et plus morte que vive, elle alla ouvrir à l'inspecteur.

Ils buvaient un vieux marc de la vallée du Rhône qu'ils réchauffaient dans leurs doigts joints. Le prêtre plaisait au policier par son aspect lui rappelant le Frère Jean des Entommeurs et Rulles sucitait la sympathie du curé car il avait l'air d'un bon vivant, placide et serein.

— Je ne vous cache pas, Monsieur le Curé, qu'une histoire comme le meurtre de Marguerite Touques, est pour un homme de ma profession, une des plus empoisonnantes qui soit. Il me faut travailler dans un milieu où je suis et demeurerai étranger en dépit de tous mes efforts. Devant moi, les portes se ferment, les bouches aussi. J'ai l'impression désagréable que je vais perdre mon temps sans arriver à grand chose si je ne veux pas tenir compte des racontars et des calomnies.

— Qu'attendez-vous de moi, Monsieur l'Inspecteur ?

— Je crois que vous étiez très attaché à la victime ?

— Je reconnais que j'avais une faiblesse pour elle... J'étais très fier de ses succès...

— Il n'y a que vous, Monsieur le Curé, qui puissiez m'aider à trouver le coupable... Bien entendu, je ne parle pas du confessionnal... mais de votre connaissance des hommes et des femmes de Baroquier-la-Benoîte... Je souhaiterais que les gendarmes ne se montrent plus ici. Moi-même, je n'apparaîtrai que de loin en loin... Donner l'impression au criminel que, peu à peu, la police renonce... Lui faire avoir confiance en sa force, en sa ruse... Vous me comprenez ?

— Parfaitement. Et moi, je surveille tout le monde et le premier qui craque, je le repère et vous le signale.

— Voilà !

— Ce n'est pas une jolie besogne que vous me proposez-là ?

— Croyez-vous que la manière dont on a tué Marguerite Touques était très jolie ?

— C'est vrai... Bon, je verrai ce que je pourrai faire, mais je ne vous garantis pas le succès.

— Je suis persuadé du contraire. Très heureux de vous connaître, Monsieur le Curé. Je compte sur vous.

M. Quettehou raccompagna son hôte jusque sur son seuil.

— Monsieur l'Inspecteur, je me figurais — contrairement à ce que vous m'avez expliqué — qu'un crime passionnel devait être plus facile à élucider à la campagne qu'ailleurs. Nous avons si peu l'habitude de ces choses-là...

— Vous auriez raison s'il s'agissait d'un crime passionnel, malheureusement — si je puis dire — je ne crois pas que ce soit le cas. C'est une sordide histoire d'intérêt.

— Mais... qu'est-ce qui vous permet d'avancer une pareille hypothèse ?

— Ce n'est pas une hypothèse, Monsieur le Curé. Marguerite Touques était enceinte de cinq à six mois.

III

M. Quettehou n'avait consenti — au désespoir d'Agathe — à se coucher qu'au petit matin. L'ultime révélation du policier l'avait bouleversé au point de lui paralyser un temps, l'imagination. Puis, il s'était mis à prononcer des mots sans suite et la servante avait eu très peur. Après, il s'était rendu à l'église et y avait prié jusqu'à une heure du matin. Alors, il s'était résigné à gagner son lit, mais à six heures, il était déjà debout avec un visage qu'Agathe ne lui avait jamais vu. Elle avait insinué :

— Et si vous restiez couché ? J'irais leur dire que vous avez la fièvre et qu'il y aura pas de messe, aujourd'hui ?

— Tu ne crois pas que le Christ devait avoir la fièvre, Lui aussi, quand il est monté au Golgotha ?

— Vous aviez bien besoin d'aller à l'église, cette nuit, pour y prendre froid !

— Il fallait que je prie pour Marguerite Touques... et pour le petit qu'elle portait en son sein.

A la vieille domestique, stupéfiée, le prêtre apprit la

nouvelle : Marguerite allait être maman. Il lui demanda, pendant qu'il célébrait la messe, de prévenir le maire et Lussan, le boucher, qu'il les attendait.

Après l'office, les trois hommes se retrouvèrent à la cure. M. Quettehou leur déclara qu'il avait envoyé Agathe chez eux car il avait besoin de leur aide dans le moment difficile qu'il traversait.

— Toi, Bernard, parce que tu es mon plus vieil ami ; toi, Valentin, parce que tu es le maire et beaucoup plus intelligent que moi... Non, ne proteste pas ! intelligent je l'ai été, mais j'ai trop bu... Dans ce cas, pourquoi ne pas m'arrêter de boire ? parce que je ne peux pas et aussi parce que dans l'exercice de mon ministère, le cœur a plus d'importance que le cerveau.

Le boucher, homme d'ordinaire placide, s'énerva :

— Jules, tu nous as pas sortis de notre travail pour t'entendre à confesse ?

Alors, le curé raconta à ses deux amis la visite du policier et ce qu'il lui avait révélé. Sans montrer une émotion comparable à celle du prêtre, le maire et le boucher accusèrent le coup. Lussan déclara sentencieusement :

— C'est drôlement dégueulasse...

Mesley s'enquit :

— Qu'espérez-vous de nous ? Je ne vois pas ce que nous pouvons faire !

— M'aider à trouver le meurtrier.

Le boucher hocha la tête.

— C'est guère notre boulot.

Le maire renchérit :

— Pourquoi ne pas laisser la police s'occuper de ça ?

— Parce que j'ai peur.

— De quoi ?

— De ce qu'elle pourra découvrir.

Ils se turent, remâchant la réponse de M. Quettehou et au fur et à mesure que le temps passait, ils semblaient admettre ce que leur hôte avait voulu leur faire comprendre. Lussan remarqua :

— Tu redoutes que ce soit quelqu'un qui nous touche de près ?

— Vous savez bien tous les deux, que c'est forcément un des nôtres qui a tué Marguerite et son petit... L'inspecteur a réclamé mon aide. J'ai répondu oui des lèvres, pas du cœur. C'est pour nous, d'abord, qu'il faut chercher le meurtrier.

Le maire posa la question que tous trois redoutaient :

— En admettant qu'on y arrive, qu'est-ce qu'on fera ?

— Le moment venu, nous déciderons.

Le boucher secoua la tête.

— Ça me plaît pas.

Le curé se leva.

— Mes amis, je ne vous retiens pas et je ne suis pas fâché de votre attitude... Je chercherai donc tout seul et si Dieu m'aide, j'arriverai où Sa volonté m'enverra.

Valentin protesta :

— Je n'ai pas dit que je ne marchais pas. Je mentirais en affirmant que la besogne m'enchante, mais je partage votre point de vue, il vaut mieux que nous soyons les premiers informés.

Lussan remarqua :

— Si Valentin est d'accord, je vois pas pourquoi je suivrais pas... Seulement, je pensais que l'assassin pouvait être qu'un des trois amoureux de Marguerite ?

Le maire en convint :

— Seulement, ce n'est pas de trois coupables, mais d'un seul dont on a besoin...

Le boucher tenta de raisonner.

— Pourquoi l'a-t-on tuée cette petite ? Par jalousie ? et là je vous cache pas que je vois l'Emile Périers ou ce pauvre Paul... Par intérêt ?... je veux dire un gars qu'avait peur qu'elle le fasse chanter avec son gosse, alors je choisirais l'instituteur ou Paul.

Valentin s'exclama :

— Apparemment, tu as raison, Bernard..., mais qui peut nous affirmer que le criminel n'est pas un autre que ces trois-là ? Baptiste Essoyes vient juste d'avoir quarante ans..., tout comme ton gendre, Jérôme... et comment oublier ce pauvre Prosper, le garde, qui cherche une compagne depuis si longtemps ? Pour être complet, à la liste des possibles, on pourrait ajouter Auguste Périers et sa femme qui auraient voulu guérir leur fils en supprimant la cause de sa maladie, la Maria Evre qui détestait Marguerite...

Lussan soupira :

— J'ai l'impression que nous allons patouiller dans un beau sabouillat (1)...

Le curé tenta de dissiper le pessimisme de son ami :

— Un meurtre n'est pas une chose propre, Bernard... Voilà : je propose que vous deux, écoutiez ce qui se raconte dans le village, que vous regardiez agir nos gens et qu'au moindre soupçon, vous veniez vite m'en faire part pour que nous avisions... Moi, je vais m'entretenir avec les suspects. Je vous raconterai ce que j'en aurai retenu.

*
* *

L'inspecteur Edgar Rulles exposait au commissaire Villaron le point de l'affaire Touques :

— L'opinion publique, à Baroquier-la-Benoîte, est braquée — à juste raison peut-être — sur trois personnes. Je les ai interrogées sans résultat. L'un est un gamin d'une vingtaine d'années, pas très malin et que le chagrin ou le remords rend incapable de discuter propre-

(1) Eau fangeuse.

ment. L'autre, l'épicier est défendu par une maîtresse femme — sa femme — qui m'aurait sauté dessus si son mari n'était intervenu. Un troisième — le plus intelligent — m'a aimablement flanqué à la porte de son école. Il est instituteur.

— Ce qui fait que vous ne savez pas par quel bout prendre cette histoire ?

— J'ai gardé un atout... Le curé du patelin. Un personnage haut en couleurs, adoré de ses paroissiens et que la mort de la petite Touques a profondément bouleversé. Il connaît tout le monde, n'ignore pratiquement rien des faiblesses de son troupeau. Il m'a promis son concours. J'attends beaucoup de son aide.

— Vous êtes un drôle de phénomène, Rulles. Si on se doutait, en haut lieu de votre étrange alliance...

— Pour la recherche de la vérité, Monsieur le Commissaire...

— Même pour la recherche de la vérité... Enfin, assumez vos responsabilités, Rulles et surtout faites en sorte que votre pieux adjoint ne se montre pas trop bavard... J'ignore de quelle façon nos chefs et les hommes politiques accueilleraient pareille conclusion... A votre place, j'irais discrètement faire une visite à l'archiprêtre de Troussis qui a votre nouvel ami sous sa sainte juridiction.

*
* *

M. Quettehou n'avait point l'humeur patiente et se mettait trop vite en colère pour mener à bien ses enquêtes. C'est ainsi qu'ayant découvert l'Emile Périers dans un des champs paternels, il ne lui avait fallu que quelques minutes pour transformer le garçon en une loque geignarde. Pourtant, le curé avait entamé le débat sur un ton conciliant :

— Emile... Tu n'ignores pas que j'ai de l'affection

pour toi quoique tu aies toujours été menteur, fourbe et dissimulé... Alors, je te conseille vivement de me répondre franchement, sinon ça va barder pour ton matricule ! Tu aimais Marguerite Touques et elle ne t'aimait pas. Vrai ou faux ?

— Vrai.

— Quand tu as su qu'elle ne voulait pas de toi, pourquoi n'as-tu pas renoncé ?

— Je pouvais pas...

— Et tu as préféré la tuer plutôt que de la voir heureuse avec un autre ?

— C'est pas vrai ! c'est pas vrai ! J'aurais jamais osé... Je l'aimais trop...

— Cesse de renifler, tu m'énerves ! J'essaie de te comprendre, Emile, pour te défendre le cas échéant, mais si tu ne m'aides pas, qu'est-ce que tu veux que je fasse ? Lorsque je lui ai parlé à Marguerite, dans l'après-midi de sa mort, je l'ai vue prendre le sentier qui mène à l'école... et je t'ai aperçu, Emile, qui la suivais de loin... Vrai ou faux ?

— Vrai.

— Peut-être que si tu m'expliquais ?

— Depuis des jours, je la guettais... pour lui parler encore une fois, lui dire que c'était pas possible qu'elle puisse pas m'aimer un peu puisque je l'aimais tant... J'étais là au moment où vous l'avez rencontrée et je vous ai entendu engueuler la Stéphanie... Même que ça m'a fait bougrement plaisir... Vous êtes parti... La Marguerite, elle, elle a attendu que vous ayez passé le tournant et puis elle a couru sur le sentier de l'école... D'un long moment, j'ai pas bougé... j'avais trop de chagrin. J'allais quitter ma cachette pour rentrer à la ferme quand le Paul s'est montré... Lui aussi a filé à travers bois en direction de l'école... Moi, je connais ce coin mieux que personne et en prenant par les fonds, je suis arrivé chez l'instituteur avant eux autres.

— Comment peux-tu en être sûr ?
— Je les ai pas vus et Monsieur Héné, il était occupé avec les gosses...
— N'aurait-il pu commettre son crime avant d'entamer la classe ?
— Il aurait fallu qu'il fasse drôlement vite !
— Arrête de pleurer ! Tes larmes ne feront pas revenir Marguerite... Maintenant, nous devons découvrir son meurtrier... La seule manière qu'il te reste de prouver ton affection envers la victime, c'est de m'aider dans cette tâche. Alors, écoute ce que tu vas faire...

*
* *

M. Quettehou, goûtant la douceur de l'air, avait demandé à Agathe de déjeuner dans le jardin. Ayant bien mangé, bien bu, il se sentait benaise(1). Heureuse de le voir heureux, la servante demanda au curé :
— Vous vous plaisez dans ce coin, pas vrai ?
— Oui, je me plais là, ma vieille, parce que ce qui m'entoure est simple, sans ruse... le contraire des hommes, quoi ! Viens t'asseoir près de moi. Agathe...
Elle obéit. Il prit les vieilles mains parcheminées dans les siennes.
— Par instants, j'ai le sentiment que toi et moi nous voguons à la dérive sur un monde que nous ne comprenons plus et qui ne cesse de nous mentir.
— Je comprends pas ce que vous racontez, mais je pense que vous avez raison.
— Tends l'oreille...
— J'entends rien.
— Justement, Agathe, toi et moi nous n'entendons rien parce que nous n'avons pas de péché sur la conscience, mais répète-toi qu'à l'heure actuelle, il y en

(1) Etre bien.

a un, pas très loin de nous, sans doute, qui, dans ce silence dont nous jouissons, regarde ses mains qui tremblent encore des derniers râles de Marguerite et qui entend les gémissements de Marguerite se raccrochant à la vie. Pour celui-là, ma vieille, le silence n'existe plus. A présent, il me faut quitter notre havre et repartir parmi les mauvais. Apporte-moi ma douillette, je m'en vais aller dire deux mots à Paul Evre.

*
* *

L'existence n'était pas gaie pour Paul Evre depuis le meurtre de Marguerite Touques. Sa passion connue du village entier le faisait regarder de travers par celles qui avaient trop lu de romans-feuilletons. Ses amis ne manquaient jamais, quand il les rencontrait, d'amener la conversation sur le crime et terminaient immanquablement par une question pernicieuse du genre :

— Et toi, Paul, t'aurais pas, des fois, une idée sur le bandit... T'étais bien achiné avec la Marguerite ?... ça doit te tenir à cœur qu'on lui mette la main au collet au salaud qui... à moins que...

— A moins que ?

Le bonhomme haussait les épaules et d'un air se voulant détaché mais d'une voix pleine de fiel :

— Je parlais comme ça... tu sais bien...

A chaque coup, le Paul, il perdait les pédales et s'emportait :

— A moins que ça soye moi, hein ? voilà ce que tu penses, mais t'as pas le courage d'aller jusqu'au bout !

Le sournois haussait les épaules :

— Si tu le prends comme ça... allez, sans adieu...

Ils se séparaient en oubliant de se toucher la main et au premier qu'il voyait, l'interlocuteur de Paul confiait :

— A présent que la Touques a été étranglée, ce

pauvre Evre il est quasiment plus vivable... je me demande pourquoi ?

Et tous ces racontars étaient accompagnés de reniflements complices soulignés de clins d'œils malins.

Chez lui, l'épicier n'était pas mieux traité. Il n'osait plus se montrer dans la boutique tant il redoutait d'entendre des réflexions qu'il n'aurait pas pu supporter et le commerce, c'est le commerce. Son abstention ne faisait pas l'affaire de la Maria qui ne décolérait plus.

— Il suffit plus que je sois une femme trompée dont elles rigolent entre elles, faut encore que je m'envoie tout le travail ! Les choses peuvent pas continuer de la sorte, Paul, je t'avertis ! va falloir que ça pète ou que ça change ! j'en peux plus, t'entends, vieux courattier ? j'en peux plus !

Paul avait beau s'évertuer à dénier la moindre action malhonnête avec la fille des Touques, rien ne pouvait parvenir à calmer la colère conjugale de Maria :

— Ça se peut qu'est pas eu grand-chose entre vous deux, mais c'est pas de ta faute, hein ? t'aurais été content qu'elle t'accepte, la garce ! mais tu l'intéressais pas, grand imbécile ! ah ! tu donnais beau spectacle... A ta place, telle que je me connais, je serais morte de honte !

Toutefois, sitôt que quelqu'un ou quelqu'une se permettait une allusion injurieuse à son époux, Maria devenait une louve défendant son loup blessé ou malade. Dans ces moments-là, on avait peur, on se taisait. Et c'est pourquoi, quand elle vit, à travers la fenêtre, s'approcher M. Quettehou, Maria Evre se hérissa. Avant que le prêtre n'eut ouvert la bouche, elle s'enquit durement :

— C'est pour le Paul que vous venez ?

— Où est-il ?

— Je veux qu'on le laisse tranquille !

— Tu préfères que ce soit la police ?

— Elle est déjà venue !

— Maria, soit raisonnable... Il est nécessaire que nous lavions ton mari de tout soupçon... Tu ferais mieux de m'aider au lieu de tenter de mettre des bâtons dans les roues... On dirait que d'un coup, tu ne te souviens pas de l'affection que je vous porte à tous les deux ?

Alors, elle craqua et c'est en larmes qu'elle chevrota :

— Si vous saviez ce que j'endure...

— Je m'en doute. Conduis-moi vers Paul.

Dans la cuisine, l'épicier était assis, la tête dans ses mains. Le prêtre prit place en face de lui. Maria demanda :

— Vous boirez bien un verre ?

— C'est pas de refus.

Evre semblait de pas voir, ne pas entendre. En posant le litre sur la table, l'épicière remarqua :

— Voilà comment il est... C'est plus un homme !

— Laisse-nous, maintenant, ma fille.

Maria disparue, le curé se versa un second verre de vin qu'il vida consciencieusement, s'essuya les lèvres avec un grand mouchoir à carreaux rouges et jaunes, puis s'adressa au maître de maison.

— Je n'ai pas beaucoup de temps à perdre, Paul, alors arrête de faire semblant de ne pas me voir...

— Vous pourriez pas me ficher la paix, vous et les autres ?

— Paul, la police te soupçonne, le village entier te soupçonne d'avoir assassiné Marguerite Touques parce qu'on était au courant de ta honteuse passion pour cette gamine et de ta jalousie. Alors, tu dois te sortir de là et vite !

— Ce qu'ils racontent ? Qu'est-ce que j'en ai à foutre ? J'ai ma conscience pour moi !

— En Cour d'Assises, dans le box des prévenus, la voix de la conscience n'est pas tellement prise en considération.

— En Cour d'Assises ? Et pourquoi que j'irais en Cour d'Assises ?

— Pour y répondre du meurtre de Marguerite Touques et y jouer ta tête, abruti !

Soudainement affolé, Paul hurla :

— Mais combien de fois faudra-t-il vous répéter que je l'ai pas tuée ?

— Calme-toi... Crier n'est pas preuve... Bois plutôt un verre... Tiens, on va trinquer... Tu ne penses pas que je trinquerais avec un criminel ?

— Merci, Monsieur le Curé.

— Pourtant, il y a quelque chose qui m'ennuie... L'après-midi où elle a été tuée, je t'ai vu te lancer sur les traces de Marguerite se rendant à l'école. Pourquoi ?

— Je voulais la supplier une fois de plus... mais je ne l'ai pas rattrapée... Je me suis demandé où elle était passée... J'ai attendu longtemps et je suis rentré chez moi.

— Alors, ce n'était pas toi le père du petit qu'elle portait ?

Il se dressa, pâle, le sang se retirait de ses mains aggripant le bord de la table.

— Elle avait...

— Oui.

— La salope !

— Tu parles d'une morte, Paul... d'une morte que tu prétendais aimer.

— Je me doutais qu'elle était comme ça !

— Qu'est-ce que ça signifie « comme ça » ?

— Ce qu'elle a fait, il me semble...

— Sais-tu que tu me dégoûtes un peu, Paul ? Tu l'insultes parce qu'elle a accordé à un autre ce qu'elle t'a refusé.

L'épicier hésita, puis :

— Je vous demande pardon.

— Récitons ensemble le « Confiteor ».

Maria venue coller son oreille à la porte, demeura toute saisie d'entendre un ronronnement de prière.

Le curé de Baroquier-la-Benoîte commençait à s'énerver sérieusement. Il lui semblait que le drame ayant eu sa paroisse pour décor avait déchiré le voile à travers lequel il la voyait. Depuis plus de vingt ans, il croyait à une douceur de mœurs qui n'était peut-être qu'un leurre ; depuis plus de vingt ans, il se consolait de son existence difficile (sur le plan matériel) en pensant à l'affection qu'on lui portait et peut-être n'était-ce là qu'hypocrisie ? Dans sa naïveté de vieil enfant, M. Quettehou enrageait de ce que le meurtrier de Marguerite Touques n'ait pas assez confiance en lui pour venir lui demander de l'aider à porter son fardeau. Il découvrait dans cet anonymat entêté, un manque de tact qui le choquait, un manque de confiance qui le blessait.

Par peur d'être obligé de ne plus pouvoir ajouter foi au personnage dans la peau duquel il vivait, le prêtre se persuadait peu à peu que le criminel n'étant pas un de ceux qu'il aimait et qui l'aimaient, il fallait qu'il fût étranger à la commune et c'est pourquoi, la culpabilité de l'instituteur apparaissait de plus en plus évidente à l'abbé.

Redoutant de devoir constater qu'Emile ou Paul ou les deux l'avaient mené en bateau, sans peser plus longtemps le pour et le contre, M. Quettehou se dirigea vers l'école que les enfants, vue l'heure, venaient vraisemblablement de déserter. Tout en marchant, il priait pour que M. Héné lui avouât son crime et qu'ainsi la blancheur immaculée de Baroquier-la-Benoîte retrouvât son éclat sur le front de l'Eglise régionale.

Les gamins qui croisaient le prêtre ôtaient leur couvre-chef en criant, sur des gammes différentes :

— Bonsoir, Monsieur le Curé !

Ils s'étonnèrent de ce que, rompant avec ses habitudes, M. Quettehou, non seulement ne leur répondît pas, mais encore parût ne pas les voir.

Contrairement à ce qu'il se figurait, l'arrivée du prêtre ne parut pas surprendre M. Héné qui, dans sa classe, corrigeait ses cahiers.

— Ah ! Monsieur le Curé... Vous êtes en retard, je vous attendais plus tôt.

Déconcerté, le saint homme balbutia :

— Vous... vous m'attendiez ?

— J'ai appris, par les enfants qui le tenaient, bien sûr, de leurs parents, que vous jouiez le rôle de détective. Je sais que vous avez malmené Emile Périers qui, depuis, est sans cesse collé à mes chaussures... sur votre conseil, sans doute ? J'imagine que vous avez dû cuisiner l'épicier... alors, il était fatal que vous veniez tenter de me tirer les vers du nez puisque je figure en bonne place sur la liste des suspects.

— Vous permettez que je m'asseye ?

— Je vous en prie. Puis-je me permettre de vous offrir un peu de mon vin ?

— S'il vous plaît...

Quand ils eurent bu, M. Héné regarda longuement son hôte et dit en souriant :

— Je n'ai pas tué Marguerite, je vous en donne ma parole. Rien ne m'oblige à vous répondre ni à vous expliquer quoi que ce soit, mais vous êtes un brave homme et bien que je n'appartienne pas à votre clientèle, je vous aime bien.

— Monsieur Héné, je me sens touché, ému... et je

vous remercie... Vous saviez que Marguerite était... comment m'exprimer ?

— A la façon de tout le monde, Monsieur le Curé, c'est encore le plus simple... En bref, vous êtes venu me demander : un, si j'étais au courant de la grossesse de Marguerite ; deux : si, dans l'affirmative, je suis le père de l'enfant qu'elle portait. Oui, à la première question, non à la seconde.

— Alors, qui ?

— Je l'ignore et ce n'est pas mon métier d'essayer de l'apprendre.

— Bon... Pardonnez-moi, je vous ai dérangé inutilement.

— Vous semblez le regretter ?

— Ma foi... Comprenez-moi : si ce n'est pas vous, c'est sûrement un de mes paroissiens et cette idée me tue.

— Un jour ou l'autre, quelles que soient nos illusions, nous sommes contraints d'ouvrir les yeux et de voir notre semblable tel qu'il est... Je crains que ce moment ne soit arrivé pour vous, mon ami. Quoi qu'il en soit, je vous remercie de me faire confiance, ce que l'inspecteur m'a refusé. Au revoir, Monsieur le Curé... Si j'étais vous, je ne jouerais plus les policiers... Un rôle qui ne vous convient pas.

M. Quettehou était allé rendre compte de ses échecs au maire qui, de son côté, lui avouait qu'il n'avait rien appris de nouveau et qu'il pensait qu'il en était de même pour le boucher. Le prêtre ne pouvait détourner son regard de la machine à écrire recouverte de sa housse et de la chaise où s'asseyait Marguerite pour taper les papiers officiels. Il soupira, près des larmes :

— Je ne parviens pas à y croire...

Valentin haussa les épaules.

— Si je vous disais qu'il m'arrive de l'appeler pour lui

demander de remplir un formulaire... Elle était si jeune...

— Et si mal aimée... Tous ces hommes qui lui couraient après, Valentin, ne l'aimaient pas... Ils la désiraient... L'un d'eux a obtenu ce qu'il cherchait et lorsque les conséquences de leur péché ont été certaines, il l'a tuée.

— Ce n'est pas croyable...

— Un misérable et un sot se figurant se débarrasser de ses responsabilités en tuant !

— Ce ne sera plus jamais pareil à Baroquier-la-Benoîte. Qui aurait pensé que l'un de nous avait l'âme d'un criminel ?

— Nous formions une famille unie, jusqu'ici et il est rare que dans les familles il n'y ait pas un mauvais sujet. Mais, pour la santé du pays, il est nécessaire que nous nous débarrassions au plus tôt de ce membre pourri sinon, le village entier risque d'être gangréné. Seulement, il faut y mettre la main dessus.

— Je suis convaincu que si quelqu'un doit y arriver ce sera nous, Monsieur le Curé... Nous, on ne peut que vous aider... On n'a pas votre autorité.

— Valentin, j'ai parlé avec Emile et avec Paul... et je suis incapable de te dire s'ils ont été sincères ou s'ils m'ont joué la comédie... Je ne suis pas un policier... j'ignore les trucs de métier... D'une part, je me refuse à admettre la culpabilité de ces garçons que je connais depuis si longtemps — sauf M. Héné — et d'autre part, si Marguerite avait fréquenté un quatrième, on le saurait, non ?

— Sûrement ! avec toutes ces bonnes femmes à l'affût derrière leurs rideaux...

— Alors, de gré ou de force, il faut en revenir à mes trois suspects.

— C'est cela qui est terrible ! mettre à côté trois visages et se persuader qu'un de ces trois...

— Tais-toi, mon pauvre Valentin, j'en suis malade...

— Je vous paie une chopine pour essayer de vous remonter.

— C'est pas de refus...

M. Quettehou avançait le plus silencieusement possible et à pas coupables dans le couloir, ayant ouvert la porte de la cure avec la plus totale discrétion. Sensible, il ne pouvait résister au spectacle des détresses humaines — méritées ou non — qu'en ayant recours au vin. Il n'en avait jamais assez, mais sa santé l'obligeait à le regretter parfois. Et ce matin-là, tant chez l'épicier qu'au café avec le maire, il n'était pas loin d'avoir fait le plein. Au moment où il allait se glisser dans la pièce commune, l'appel de sa servante le cloua sur place :

— C'est vous, Monsieur le Curé ?

Le moyen de répondre non ? Il s'en tira par un grognement où une oreille exercée pouvait entendre :

— Qu'est-ce que tu veux ?

— Amenez-vous un peu par ici ?

L'abbé se résigna. D'ailleurs, sa foi lui imposait d'accepter avec allégresse le châtiment mérité. Il marcha donc vers la cuisine d'Agathe prêt à toutes les patiences, décidé à toutes les résignations. Mais la servante ne prit pas garde à l'allure de son maître. Elle était trop secouée par une indignation la faisant vibrer de la tête aux pieds à la façon d'une antenne de radio par grand vent. Elle brandissait une bouteille vide :

— Ma bouteille de bordeaux ! Hein ? qui c'est qui l'a bue ma bouteille de bordeaux ? juste au moment où je la prends pour ma sauce, crac ! je m'aperçois qu'il y a plus une goutte ! Des fois, vous sauriez pas qui s'est conduit de manière aussi malhonnête ? et surtout, me racontez pas que c'est mon ange gardien !

M. Quettehou convint qu'on pouvait mettre beaucoup de choses sur les ailes des anges gardiens, mais pas l'assèchement inopiné d'une bouteille de bon vin. L'œil fixe, Agathe l'écoutait :

— Alors ?

— Ma bonne Agathe, tu sais à quel point je...

— Ça suffit ! essayez pas de m'embobiner ! qui c'est ?

— Mon Dieu !... J'ai dû boire un jour que j'avais soif...

La vieille eut un rire de crécelle où la colère tenait beaucoup de place que la joie.

— Un jour ! Ah ! là ! là ! là ! Vous vous levez assoiffé, vous vous couchez assoiffé !

— Eh bien ! il me semble que tu devrais me plaindre au lieu de me blâmer !...

— Vous plaindre !... Et dire que je dois entendre des choses pareilles ! Enfin, il faut sans doute que, moi aussi, je monte au Calvaire...

— Agathe ! attention au péché d'orgueil !

— Vous allez voir que c'est moi qui vais être grondée ! Tenez, filez donc me chercher du cerfeuil chez Maria... J'en ai besoin pour ma sauce que je peux pas quitter et j'y mettrai du vin ordinaire, tant pis pour vous !

M. Quettehou, soucieux de rétablir la paix, s'empressa de déférer au désir de sa servante :

— Le temps de remettre ma douillette et je cours chez Maria.

Au moment où il quittait la cuisine, Agathe lança, perfide :

— Et rappelez-vous que le cerfeuil, c'est pas au café qu'on le trouve !

Plein de bonne volonté, le curé retourna dans la salle commune afin d'y prendre son vêtement abandonné sur le fauteuil, mais ce dernier, débarrassé de la douillette, vous présentait si tendrement les bras que le prêtre ne put résister à la tentation de s'offrir — oh ! juste une minute, le temps de reposer ses vieilles jambes, quoi ! — un court repos.

Une demi-heure plus tard, Agathe, partagée entre l'inquiétude et la colère, abandonna sa cuisine pour gagner la porte et jeter un coup d'œil dehors. Elle traversait le couloir lorsque l'écho d'un ronflement sonore suspendit son pas et lui fit changer de direction. Dans le fauteuil, les mains croisées sur le ventre, M. Jules Quettehou dormait, en souriant aux anges.

CHAPITRE III

I

M. Quettehou travaillait dans son jardin. Quand il avait de graves préoccupations, il ne connaissait pas de meilleur remède que d'attraper une houe ou une binette et de gratter, creuser, couper. Il y avait pas mal de temps, en cette jolie matinée de mai, que le prêtre s'acharnait sur un sol qui n'avait pas l'habitude d'être traité de la sorte. Plusieurs fois, Agathe était venue jusque sur le seuil de la salle commune pour regarder son maître haleter, s'éponger la figure, grommeler et était repartie, en haussant les épaules. A ses yeux, ce vieil enfant ne deviendrait jamais raisonnable. Vers onze heures, elle n'y tint plus et rejoignit le jardinier amateur :

— Alors, vous trouvez intelligent ce que vous faites ?

M. Quettehou se redressa en portant les mains à ses reins.

— Je suis surpris, ma vieille, que tu puisses me reprocher de me livrer aux saines fatigues du jardinage ?

— Mais regardez donc dans quel état vous êtes ? Vous vous épuisez au point que la sueur vous coule sur les joues ! et votre cœur, vous y pensez ?

— Mon cœur ? J'ai l'impression qu'il est mort... Mes paroissiens l'ont tué avec leurs mensonges, leurs sales désirs, leur crime ! Si je travaille, c'est pour m'empêcher de penser...

— En attendant, reposez-vous un peu dans votre fauteuil... Je vais vous apporter un verre d'eau.

Le curé eut un gémissement douloureux.

— Alors, toi aussi, tu es contre moi ?

— Moi ?

— Tu as l'intention de me faire boire de l'eau ?

— Ça va... Vous fatiguez pas, j'ai compris.

Pendant qu'un sourire triomphant illuminait le visage congestionné de M. Quettehou, Agathe allait chercher une chopine et un gobelet qu'elle posa sur le petit guéridon de fer rapproché du vieux fauteuil d'osier où le pasteur de Baroquier-la-Benoîte avait accoutumé de se détendre.

— Vois-tu, mon Agathe, je commence à ne plus pouvoir respirer à mon aise dans ma propre paroisse. C'est quelque chose, non ? J'ignorais que chacun y détestait chacun. Les vieilles rancunes familiales que je croyais oubliées depuis belle lurette ont réapparu au jour à l'occasion du meurtre de Marguerite... Ces haines que je me figurais disparues, sont là bien vivaces, n'ayant rien perdu de la puissance de leurs poisons... Je pense que si l'on n'avait pas peur des gendarmes, mes ouailles règleraient leurs querelles personnelles à coups de fusil !

— Vous croyez pas que vous exagérez un peu ?

— Tu ne diras plus ça si le policier emmène Paul Evre.

— Pourquoi lui ?

— Il adorait Marguerite.

Agathe croassa :

— Il désirait coucher avec, oui !

— Il paraît que les grandes amours commencent comme ça... Tu as été mariée assez longtemps pour le savoir, non ?

— Je m'en souviens plus...

— Et moi, je manque de lumière sur la question... Les prêtres de ma génération s'efforçaient — quoiqu'il put leur en coûter — de demeurer fidèles aux engagements pris. Il m'est arrivé de le regretter, pour être franc.

— Bah ! vous avez pas perdu grand-chose ! Les hommes attachent trop d'importance à ces histoires qui sont pas très propres si vous voulez que je vous dise ce que j'en pense !

M. Quettehou se mit à rire.

— Je m'en remets à ton jugement. Il paraît, d'après la Stéphanie, que tu as une sacrée expérience sur le problème, hein, Messaline ?

— Appelez-moi encore une fois comme ça et je vous rends mon tablier !

— Serais-tu fâchée pour de bon ?

— Vous m'insultez et je devrais pas me fâcher ?

— Je plaisantais... tu n'ignores pas combien je t'aime, sacrée sorcière ?

Toute amollie, la servante chevrota :

— On dit ça...

— Allez, embrasse-moi et verse-moi un verre.

Agathe feignit de résister quelques secondes puis, se penchant, embrassa son curé sur les deux joues. Son maître lui rendit ses caresses maternelles avec usure jusqu'au moment où une exclamation ironique mit fin à leurs épanchements :

— C'est Philémon et Beaucis que je vois !

M. Ommeray, archiprêtre de Troussis, regardait le vieux couple en souriant.

Agathe poussa un petit cri de souris prise au piège et, emportant la chopine et le verre, se retira précipitamment dans sa cuisine, en prenant garde de saluer M. Ommeray au passage, qui lui répondit avec gentillesse, avant d'aller prendre place dans le fauteuil que lui offrait M. Quettehou, lequel s'assit sur le banc de pierre verdi par la mousse. L'archiprêtre était un très vieil homme, plus qu'octogénaire, au teint blanc et translucide avec des cheveux de neige. Esprit cultivé qui avait préféré être un pasteur campagnard qu'un abbé citadin, M. Ommeray était respecté de tout le diocèse. Dans les cas difficiles qu'il leur fallait trancher, les évêques qui se succédaient, ne manquaient pas de faire appel à ses lumières et à sa sagesse.

Penaud d'avoir été vu dans un de ses moments d'abandon, le curé avoua timidement :

— Monsieur l'Archiprêtre, je suis très gêné...

— Pourquoi donc ?...

— La scène que vous avez surprise...

M. Ommeray eut une grimace complice.

— Rassurez-vous, mon cher ami. Je n'ignore pas que la continence difficilement supportée entraîne parfois à d'étranges aberrations, mais Agathe... non, tout de même ! Arrêtons-là, mon fils, je risquerais de manquer de charité...

— Elle me considère un peu comme le fils qu'elle n'a pas eu...

— Je sais qu'elle vous aime beaucoup et il n'est pas un de nos confrères, dans le diocèse qui n'envie le confort matériel que vous devez à votre servante... Je sais aussi qu'il y a quelques personnes qui ne vous estiment guère... une certaine Stéphanie Aniane, plus particulièrement.

M. Quettehou hocha la tête.

— Une pauvre créature... La septentaine... Un célibat qui lui pèse depuis longtemps... Elle hait les hommes qui n'ont pas fait attention à elle et elle déteste les femmes qui ont pu, elles, retenir leur attention.

— Elle m'a écrit une très vilaine lettre.

— Oubliez-la, Monsieur l'Archiprêtre... La pauvre Stéphanie aurait surtout besoin d'un psychiatre... Si elle continue sur la voie qu'elle suit en ce moment, il faudra qu'avec le maire nous nous résignions à appeler la médecine à la rescousse.

— J'ai reçu la visite d'un policier, fort courtois d'ailleurs, à propos de l'horrible meurtre de cette malheureuse enfant.

De grosses larmes jaillirent des yeux du curé.

— Ma petite Marguerite... Si vous l'aviez vue, Monsieur l'Archiprêtre... Jolie, intelligente, élégante... Nous en étions fiers... ou plutôt je le croyais... Je n'ai pas dû remplir ma tâche. Je suis un mauvais prêtre.

M. Ommeray posa sa main diaphane sur la cuisse de son hôte.

— Si vous étiez un mauvais prêtre, je ne serais pas votre ami et je suis votre ami. Vous devez comprendre que nous ne pouvons nous tenir pour responsables des folies de ceux que nous tentons de maintenir sur le chemin du Seigneur. Nous faisons de notre mieux. Personne ne peut nous demander quoi que ce soit de plus. Nous n'avons pas les armes pour triompher de toutes les ruses du démon.

— Il n'empêche que j'aurais dû m'apercevoir que Marguerite ne se conduisait pas bien... qu'elle semait le trouble dans l'élément mâle de la paroisse... mais je n'ai rien vu.

— Parce que vous avez le cœur trop pur. Ce policier m'a averti qu'il avait sollicité votre concours... Il craint d'être perdu dans un monde particulier et qu'il ne connaît pas... Je lui ai dit qu'il avait sagement agi. Sans doute, ne sommes-nous pas, nous, des policiers, toutefois ne perdons pas de vue qu'il nous incombe de chasser le mouton noir risquant de contaminer le troupeau. La vie restera difficile, chez nous, tant qu'on n'aura pas mis un nom sur le visage anonyme, le dernier qu'a vu la victime. Je vous approuve donc, mon bon ami, d'aider l'inspecteur... Vous le ferez avec tact, sans animosité particulière et vous veillerez surtout à écarter l'injustice.

M. L'Archiprêtre ayant été amené à Baroquier-la-Benoîte par une de ses ouailles de Troussis, devait attendre le retour de celle-ci — pour l'heure à Saint-Etienne — afin de pouvoir regagner sa demeure. Ce retour se situerait en début d'après-midi. Dès lors, il incombait à M. Quettehou d'inviter M. Ommeray à déjeuner. Il le fit avec joie et sa proposition fut acceptée de même.

Sitôt que l'Archiprêtre eut décidé de déjeuner en compagnie du curé, ce dernier se précipita dans la cuisine pour avertir Agathe d'avoir à sortir le grand jeu pour ne point faillir à sa réputation de cordon bleu. La servante protesta que vu le temps qui lui restait, elle ne pouvait préparer qu'un repas à la va vite. Elle proposa une omelette aux champignons, des crêpes aux poireaux au jambon et à la crème, enfin un poulet sauté chasseur pour terminer avec des confitures et du fromage. Quant au vin, il faudrait se contenter de celui de l'épicerie. Elle pensait être prête à servir vers midi et demi.

Ils sortirent de table vers deux heures dans un état euphorique. L'archiprêtre avait apporté une bouteille de Cognac à laquelle en compagnie de son hôte, il livra un assaut sévère. Les deux hommes d'église se quittèrent enchantés, une fois de plus, l'un de l'autre.

Son visiteur parti, M. Quettehou appela sa servante.

— Agathe, j'ai besoin d'une longue marche pour essayer de digérer toutes les bonnes choses que tu nous as fait manger. Au retour, je m'arrêterai dans les fermes et si, par hasard, j'avais faim — ce qui m'étonnerait — je casserai une petite croûte dans l'une d'elles. Alors, dîne sans moi et ne m'attends pas pour te coucher, je rentrerai tard.

A peine le curé avait-il dépassé le village qu'il vit venir à lui, plan-plan, son copain Bernard Lussan, le boucher.

— Salut, la classe ! on se balade ?

— Se balader ! Je suis pas curé, moi, pour avoir le temps de me promener... Non, j'arrive de chez les Périers pour un veau qu'Auguste voudrait me vendre.

— Vous avez tapé ? (1).

— Quasiment... Ça se fera. Et toi ? C'est pas pour dire mon pauvre Jules, mais tu commences à ressembler à une aubergine. Tu devrais y aller plus molo sur la chopine, sinon tu risques de filer chez ton Patron plus tôt que prévu !

— Bernard, tu as toujours été une mauvaise langue et je constate, avec tristesse, que tu continues. J'ai reçu l'Archiprêtre de Troussis à déjeuner et mon Agathe, elle a voulu montrer de quoi elle était capable, alors je suis un peu enflé pas plus...

— Ouais... et comme ça, t'es sur les traces du bandit ?

— Pas encore... Pourtant, je désespère pas... Avec l'aide de Dieu, j'y arriverai.

— A ta place, Jules, je ferais attention... Si le bonhomme sent que tu le suis de trop près ou que tu te rapproches de quelqu'un qu'il veut protéger, ça pourrait barder pour ton matricule !

— Tu oublies, mécréant, que mon Ange gardien ne me quitte pas !

— Je préférerais te voir porter une bonne trique, parce que l'Ange gardien de Marguerite, entre nous, il devait être occupé ailleurs quand on a serré le cou de la petite.

— Fiche-moi le camp, espèce de blasphémateur !

(1) Conclure un marché.

— Sans adieu, Jules... et pense à ce que je t'ai dit !

M. Quettehou sourit en s'enfonçant sous les bois. Ce Bernard il avait de ces idées, parfois... Après tout, son inquiétude prouvait qu'il nourrissait une solide amitié à son endroit. Ils étaient du même coin, en Haute-Loire. Ils avaient fréquenté ensemble chez la béate (1) pour apprendre les premières notions de catéchisme et les prières essentielles, le curé s'occupant surtout de ceux et de celles qui se préparaient pour leur Première Communion et, ensemble toujours, gamins turbulents, ils avaient souvent séché l'école. Ils s'étaient séparés vers leur quinzième année pour se retrouver — avec quelle joie ! — trente ans plus tard à Baroquier-la-Benoîte où Lussan s'était installé en sortant de son apprentissage chez un boucher de Saint-Etienne.

Machinalement — parce que même quand il n'y pensait pas avec lucidité, son subconscient n'abandonnait pas son souci majeur — M. Quettehou suivait le sentier qu'empruntait Marguerite pour se rendre chez l'instituteur. Il s'arrêta longuement à l'endroit où se détache, sur la gauche, le sentier qui mène au Creux-du-Loup où l'on avait retrouvé le corps de la petite. Qu'avait-elle bien pu venir chercher dans cet endroit perdu ? Encore plus sensible quand il n'était pas à jeûn que lorsqu'il l'était, le curé ne put s'empêcher de pleurer en regardant les fougères sur lesquelles il s'était agenouillé pour prier devant le cadavre de la morte. Le chagrin et une digestion paresseuse obligèrent le prêtre à s'asseoir, puis à s'étendre et bientôt, il s'endormit de ce beau sommeil que connaissent les enfants et parfois les adultes qui réussissent à leur ressembler.

La fraîcheur du serein réveilla M. Quettehou dans un éternuement dont l'ampleur sonore dut déclencher une véritable panique dans le menu peuple agité, inquiet, des

(1) Femme qui apprend le catéchisme aux enfants.

petits animaux qui ne se montrent qu'à la tombée du jour. Lorsqu'il eut repris une claire notion des choses, le prêtre constata à l'énorme montre qu'il portait à sa ceinture, qu'il était six heures. Honteux d'avoir dormi si longtemps et dans une posture si peu digne de son état, le curé se leva et voulant ramasser sa barrette, il suspendit son geste en constatant qu'on avait déposé un papier dans son couvre-chef. Stupéfait qu'on soit venu si près de lui sans le réveiller, M. Quettehou lut le billet et demeura raide d'émotion. UN CONSEIL, CURE, LAISSE CETTE IDIOTE DE POLICE FAIRE SON BOULOT, CONTINUE PAS A Y FOURRER TON NEZ, SINON...

Bouleversé, indigné et un tantinet terrifié, le curé se sentit bientôt envahi par une colère furieuse. On osait le menacer ! Ne pensant pas à rentrer par le chemin qu'il avait emprunté, il repartit aussi vite qu'il le pouvait droit devant lui, dévalant des pentes à la raideur desquelles il ne prenait pas garde, s'accrochant aux troncs des arbres pour ne point débarouler, la tête en avant. Il déboucha, hors d'haleine, à la lisière de la forêt à moins de deux cents mètres de la ferme du Dru. Il s'y précipita.

Marthe Périers était occupée à étendre une pâte avec son rouleau lorsque l'abbé fit irruption, l'air hagard. Elle ne put s'empêcher de crier :

— Qu'est-ce qui vous arrive, bonté divine !

Avant de répondre, M. Quettehou se laissa tomber sur une chaise et d'une voix que la fermière ne reconnut pas :

— Marthe, donne-moi une goutte, je n'en peux plus...

La femme obéit et lorsqu'elle eut rempli le verre, elle resta devant le visiteur, sa bouteille à la main.

— Alors ?

Le prêtre tendit le billet. Marthe le lut, le lui rendit et répéta :

— Alors ?

Il la regarda, surpris :

— Tu trouves que je n'ai pas de quoi être scandalisé ? On se moque de moi ! On prétend me faire peur, à moi !

Marthe retourna à sa tâche, se contentant de dire :

— A votre place, je suivrais le conseil qu'on vous donne. Vous devriez vous occuper de nos âmes et pas d'autre chose.

Le curé se leva, s'approcha de la table :

— Et le criminel tu ne penses pas qu'il a une âme ? et que son âme, il m'incombe de la sauver en l'obligeant au repentir ?

— Si je savais le sauver lui, je brûlerais une douzaine de cierges.

— Pour qu'il échappe à la Justice ?

— Pourquoi pas ?

— Marthe ! tu t'imagines que le Bon Dieu se ferait le complice d'un assassin ?

— Ça dépend de la victime...

— Oh ! Marthe...

Elle posa son rouleau à pâtisserie.

— Je vous étonne, hein ? mais si je pouvais l'aider à s'en sauver celui qu'a fait le coup, je le ferais ! Parce que votre Marguerite, c'était une rien du tout ! vous entendez ? une rien du tout ! et je peux pas oublier qu'à cause d'elle, mon Emile a voulu se périr.

— Mais c'est elle qui est morte !

— Tant mieux !

— Méfie-toi, Marthe, si d'autres t'entendaient, ils penseraient que tu veux protéger ton fils !

— L'Emile ? pauvre gars, il aurait bien été incapable de lever la main sur cette garce ! Elle l'ensorcelait !

— Et toi... tu en aurais été capable ?

— Capable ? sûrement, si vous parlez de la force... mais c'est l'audace qui m'aurait manqué...

— Une criminelle en puissance, malheureuse... voilà ce que tu es ! Je ne veux plus te voir à l'église, sinon pour te jeter au pied de l'autel afin de supplier Dieu de te pardonner. Moi, je ne me sens pas le courage...

Sur cette condamnation, le prêtre abandonna la ferme et reprit la route du village, une route qui, pour lui, devenait calvaire. Dans son esprit en plein désarroi, il ne savait pas ce qui avait le plus d'importance : le billet menaçant ou l'attitude perverse de Marthe Périers. M. Quettehou ne se laissait pas prendre à l'orthographe trop singulière du papier déposé dans sa barrette, pauvre ruse ne pouvant piéger que des sots et, déjà, pour lui, cette remarque tendait à innocenter l'instituteur trop intelligent. Par contre, ses soupçons se portaient de plus en plus sur Paul Evre, pas sot, mais encore trop attaché à la terre et à ses simplicités. Il résolut de le surprendre par une réaction plus prompte que Paul — s'il était le coupable — ne pouvait avoir prévue.

En pénétrant dans l'épicerie, le curé, par sa seule présence imposa silence aux femmes qui se pressaient devant Maria Evre qui débitait un fromage blanc frais. Parmi les clientes, Stéphanie lança au prêtre — qui n'y prît d'ailleurs pas garde — un regard vipérin. L'épicière s'enquit :

— Qu'est-ce qu'il y a pour votre service, Monsieur le Curé ?

— Où est Paul ?

Aussitôt, Maria se referma.

— Il est sorti. Et pour toi, Philomène ?

Stéphanie protesta :

— C'est mon tour !

— Oh ! vous énervez pas, Stéphanie... Vous avez pas le feu où je pense ?

La Philomène, une énorme bonne femme à l'humeur joyeuse, s'esclaffa :

— Et si ! justement, depuis que Mlle Agathe y a secoué les puces à coups de battoir !

Cette remarque déclencha le rire de l'assistance et le

Curé lui-même, en dépit de ses préoccupations immédiates, ne put s'empêcher de sourire, ce que Stéphanie prit très mal. Elle s'adressa hargneusement à M. Quettehou :

— Tout ça, c'est de votre faute.

— A moi ?

— A cause de votre concubine !

Devant la grossièreté délirante de Stéphanie, il se fit un silence et sans élever la voix, le prêtre dit doucement :

— Calmez-vous... Vous devriez avoir honte de parler de la sorte... Une femme de votre âge.

Stéphanie était incapable de comprendre n'importe quel appel à la raison. Maria se porta à la rescousse de l'abbé.

— Vous occupez donc pas de cette demi-folle, Monsieur le Curé... Le manque d'homme lui a démoli le ciboulot et la fait rêver à des saletés chez les autres parce qu'elle peut pas se les offrir !

La vieille fille sauta sur place, possédée par une colère folle, elle ne se maîtrisait plus. C'est en hurlant qu'elle s'approcha de la table derrière laquelle se tenait l'épicière, et cria :

— Vous avez le culot de vouloir donner des leçons aux autres, vous, l'épouse d'un assassin et peut-être sa complice !

En réponse, Maria Evre empoigna le fromage et l'envoya directement dans la figure de Stéphanie qui, suffoquée, se mit à battre des bras à la façon d'un pingouin, tandis qu'après un moment de surprise, un fou-rire pliait les clientes en deux. Pendant que la vieille fille se débarbouillait grossièrement, l'inspecteur Rulles entra. Il avança dans un silence impressionnant. Il salua le prêtre et s'adressa à l'épicière :

— Pourrais-je parler à M. Evre, s'il vous plaît ?

— Non.

— Ah ?

— Il est allé en ville...

— Bon, eh bien ! je reviendrai...

Stéphanie se précipita :

— Elle ment, Monsieur l'Inspecteur ! Elle vous ment ! Elle le cache son assassin de mari !

L'inspecteur la regarda froidement :

— Vous feriez mieux de vous nettoyer, Mademoisellle. Vous offrez un pitoyable spectacle. Sortons-nous ensemble, Monsieur le Curé ?

— Volontiers.

Dehors, la nuit était presque complètement venue. Le policier proposa :

— Si vous n'êtes pas pressé, Monsieur le Curé, nous pourrions faire quelques pas ?

— D'accord.

Jusqu'à ce qu'ils soient sortis de Baroquier-la-Benoîte, ils n'échangèrent pas un mot. La dernière maison laissée derrière eux, Rulles s'enquit :

— Rien de nouveau ?

— Si.

M. Quettehou raconta son aventure dans le bois et montra le billet trouvé dans sa barrette. Pour le lire, le policier se servit de sa lampe stylo.

— Vous ne devinez naturellement pas qui vous a adressé ce poulet ?

— Non... L'orthographe ridicule ne saurait me tromper.

— Heureusement, les criminels nous croient toujours plus bêtes que nous le sommes. En tout cas, c'est quelqu'un qui vous épie, qui tient à être au courant de vos démarches, quelqu'un qui n'a rien à faire... et peut-être un célibataire à moins que sa femme ne soit complice...

— Alors, Emile Périers ou Paul Evre ?

— Celui des deux qui a peur, car c'est la peur qui l'a poussé à cette imprudence. Je crois que nous allons vers le dénouement... Les nerfs de notre homme craqueront avant les nôtres. Il firent encore quelques pas en silence et parvinrent à la Nationale en bordure de laquelle le policier avait laissé sa voiture pour ne pas annoncer sa visite.

Rulles s'installa au volant.

— Voulez-vous que je vous ramène à la cure ?

— Non pas ! je ne dois négliger aucune occasion de marcher.

— A propos ! ce Paul Evre qui se cache de moi...

— ... de moi aussi, maintenant.

— Quel genre ?

— Un garçon au-dessus de sa condition. Intelligent, il a beaucoup lu, sait pas mal de choses et est obligé de tenir l'épicerie... Un renfermé, pas sournois, secret. Un homme qui n'est pas à l'aise dans sa peau.

— Mal marié ?

— Si l'on veut. Maria est une excellente femme, travailleuse, âpre au gain mais d'une inculture totale...

— Alors, Marguerite Touques ? Un rêve ?

— Sans doute.

— Qu'il aura voulu matérialiser de gré ou de force ?

— Je le crains.

— A propos, la victime a été étranglée avec un foulard ou une écharpe et le curieux est qu'on ne l'ait pas trouvée sur les lieux du crime.

— Je me souviens... Quand je l'ai rencontrée cet après-midi-là, elle portait effectivement une écharpe bleue et rose.

— Eh bien ! si vous la dénichez au cou d'une de vos paroissiennes, vous serez tout près de l'assassin. Bonsoir, Monsieur le Curé.

— Bonsoir, Monsieur l'Inspecteur.

Ayant longtemps suivi des yeux la lanterne arrière de l'auto du policier, M. Quettehou entreprit de rentrer chez lui où Agathe devait se ronger les sangs d'inquiétude. Il allait paisiblement, en promeneur appréciant la douceur de la nuit où tout semblait apaisé. Un silence — pourtant plein d'une rumeur vivante que traversait parfois le hululement de la chouette ou le couinement du mulot pris entre des serres brutales — d'avant les hommes. Et puis, le prêtre oublia tout pour goûter cet instant de paix. Il s'assit au pied d'un arbre et perdit la notion de l'heure. Quand il émergea de sa longue rêverie, Baroquier-la-Benoîte dormait. Comment admettre qu'un de ceux qui reposaient dans le grand lit de famille n'ait son sommeil hanté par le visage torturé de Marguerite ?

La chambre d'Agathe était éclairée. Le prêtre dit à haute voix :

— C'est moi, Agathe !

La servante ne dormait pas car presque aussitôt, sa fenêtre s'ouvrit. Elle apparut en caraco en gémissant :

— Vous vous décidez enfin ! Si c'est pas malheureux ! à votre âge ! et je m'inquiète, vous vous en fichez, hein ?

— Arrête ton discours et descends plutôt m'ouvrir.

— Vous mériteriez que je vous laisse coucher à la belle étoile.

Elle referma et sortit de sa chambre. M. Quettehou atteignit la porte de la cure. Il levait le poing pour frapper, histoire de faire enrager Agathe, lorsque le coup de feu éclata.

La balle se perdit en miaulant dans la nuit, après avoir traversé la barrette du curé. M. Quettehou avait presque perdu le sens, tant son émotion était grande. Il savait qu'on venait de lui tirer dessus. La menace de l'après-midi avait vite été suivie de l'exécution. Qui donc savait qu'il était décidé à ne pas tenir compte du conseil qu'on lui donnait ? A part la Marthe Périers, la Maria Evre, Lussan, il n'y avait que l'inspecteur. Le policier, pas question. Les Périers n'habitaient pas le village, reste donc l'épicier et Lussan. Mais Bernard, c'était impensable.

A Agathe qui, du seuil, lui demandait ce que c'était ce bruit qu'elle avait entendu, le prêtre répondit laconiquement :

— Un coup de fusil.

— A cette heure-ci ? Il y en a, on se demande s'ils sont dérangés ! Sur quoi qu'on peut tirer en pleine nuit ?

— Sur moi.

— Qu'est-ce que vous dites ?

— Je dis qu'on vient de me foutre un coup de fusil.

— A vous ? C'est pas vrai ?

— Tiens, regarde !

L'abbé tendit sa barrette à la servante et passa l'index dans la déchirure faite par la balle.

— Tu vois ? Il s'en est manqué vraiment de peu...

La bonne gémit :

— Oh ! mon Dieu... je sens que je vas tourner de l'œil...

— Pas le moment ! d'abord, c'est à moi de m'évanouir, pas à toi ! alors, puisque je ne m'évanouis pas, tâche moyen de te tenir...

— Je me prépare une infusion avec une goutte d'arquebuse... que j'ai le ventre qui troulate(1) ça doit être l'émotion. Vous en prendrez une tasse ?

— Non... Pas le temps ! Il est nécessaire que j'aille dire deux mots à Paul, sans ça je ne pourrai pas dormir !

En plantant sa barrette sur sa tête, le curé repartit à grandes enjambées sans se soucier d'Agathe qui pleurnichait :

— Il est fou, Seigneur ! Il est fou ! Il va recommencer à se faire tuer !

Maria qui depuis longtemps n'attendait plus son mari pour gagner sa chambre s'apprêtait à monter l'escalier lorsqu'on cogna avec une force à peine croyable à la

(1) borborygme.

porte du magasin. L'épicière sursauta et, tout de suite, s'emporta :

— Quel idiot ?... Paul, fais le taire !

Mais Paul était, de nouveau, perdu dans ses songeries. Dans ces moments-là, il ne fallait plus s'occuper de lui : il se trouvait ailleurs.

— Paul ? T'entends pas ?... Ah ! On peut toujours compter sur toi ! bon à rien !

A travers la porte, Maria hurla :

— Vous avez fini de mener tout ce bruit, espèce de malfaisant que je connais pas !

— Arrête de crier, Maria et ouvre !

— Monsieur le Curé !

Désemparée par l'inattendu de l'événement, Maria, se hâta d'ôter le gros volet de bois, d'enclencher le bec de canne et entrouvrit pour laisser passer M. Quettehou.

— Qu'est-ce... qu'est-ce qui se passe, Monsieur le Curé ?

— On vient de me tirer dessus !

— Sur vous ?

— Sur moi !

Comme preuve de ce qu'il avançait, l'abbé montra sa barrette trouée.

— Tu penses pas que c'est un oiseau qui m'a fait ça ? Où est Paul ? Je dois lui parler !

— Vous allez pas...

— Ça suffit, Maria ! Mène-moi vers lui !

Vaincue par la manière nouvelle de M. Quettehou et qui la désarçonnait l'épicière conduisit le prêtre dans la salle à manger où Paul, assis à la table, la tête dans ses mains, paraissait endormi. Le nouveau venu le sortit de sa torpeur en frappant lourdement sur son épaule.

— Paul, montre-moi ton fusil !

L'épicier le regarda sans comprendre.

— Mon fusil ?

Maria attrapa le curé par le bras et le secoua en criant :

— Vous imaginez pourtant pas que...

— Tais-toi ! alors, ce fusil, Paul ?

L'époux de Maria se leva lentement et s'en fut chercher l'arme. Il revint la présenter au prêtre qui la saisit, renifla le canon, déverrouilla la culasse, y passa le doigt, en huma l'odeur avant de la rendre à son propriétaire.

— J'aime mieux ça...

— A présent, vous m'expliquez ?

M. Quettehou s'assit sur une chaise et dit doucement à la femme.

— Laisse-nous, Maria, je t'en prie, monte te coucher. Tu n'as plus à craindre... Je sais que ton mari n'a pas essayé de me tuer.

Paul sursauta :

— Vous tuer !

— Je t'expliquerai... Obéis-moi, Maria, je t'en prie.

Elle ne se décidait pas, puis brusquement, sans souhaiter le bonsoir à personne, elle tourna les talons. Les deux hommes l'entendirent monter l'escalier et fermer la porte.

— Paul, ce qu'il se passe est grave...

Le prêtre, une fois encore, raconta le guet-apens dont il avait failli être victime et posa sur la table sa pièce à conviction, la barrette trouée par la balle. L'épicier siffla de surprise :

— Dites donc !... c'était du petit...

— Une balle.

— Et vous avez pu croire que c'était moi qui....

— Paul, entends-moi bien : il y a plus de vingt ans que j'office dans cette paroisse. Personne n'a jamais attenté à ma vie. On a commencé aujourd'hui, à cause de Marguerite Touques.

— Parce que ?

— Parce que l'on sait que je n'aurai plus de repos tant que son assassin ne sera pas arrêté. Offre-moi une goutte, Paul, je t'affirme que j'en ai drôlement besoin.

L'épicier obéit et posa sur la table la bouteille de marc et deux verres.

— Paul... Je suis ton ami et tu ne peux deviner à quel point je suis soulagé de constater que tu n'es pas responsable de l'attentat dont j'ai été victime.

— Moi, je suis peiné de penser que vous ayez pu croire...

— Que tu le veuilles ou non, vous êtes toujours trois suspects... Car vous n'étiez que trois à vous intéresser à Marguerite. Qu'espérais-tu d'elle ?

— Je sais pas trop...

— Allons, allons...

— Parole ! Vous savez que je suis pas un homme content de son sort... Vous connaissez Maria... Une bonne femme... Mais en l'épousant, je me suis trompé... Une erreur qui me ronge la vie... On a pas une idée commune... A part les sous, on s'entend sur rien...

— Dois-je comprendre que tu oserais envisager le divorce ?

— Non... Ce que j'ai à reprocher à Maria, les juges peuvent pas l'admettre... C'est pas leur affaire...

— Alors, Marguerite... ?

— Marguerite... C'était celle dont je rêvais... Quand j'étais seul... Je l'ai aimée parce que je pouvais pas faire autrement... Elle était tellement différente de Maria !

M. Quettehou remarqua avec douceur :

— Qu'en sais-tu ?

L'épicier, stupéfait, ne trouva pas un mot à répondre et son interlocuteur poursuivit :

— Tu n'ignores pas combien j'aimais Marguerite, d'une autre façon que toi, évidemment... Paul... La Marguerite que je chérissais, n'existait peut-être pas...

Je crains qu'elle n'ait aimé les sous autant que Maria,.. Elle a mené un jeu difficile et pas très joli, j'en ai peur...

Paul grogna sourdement :

— Vous avez pas le droit de...

— Ne commence pas à déparler !

— N'empêche que si elle avait été ma maîtresse, ça m'aurait fait un beau souvenir !

— Tu te l'imagines ! Tu l'aurais perdue à jamais et aujourd'hui, tu ne pourrais même plus rêver d'elle... Enfin, les hommes sont incorrigibles... Le seul rôle qu'ils nous laissent, à nous les prêtres, c'est celui de garde-fou... Nous n'y réussissons pas souvent. Je pense qu'il est l'heure de nous coucher... Agathe doit être dans tous ses états. Bonne nuit, Paul.

— Monsieur le Curé, vous croyez toujours que j'ai tué Marguerite ?

— Ce qui me gêne, vois-tu, c'est que peu avant sa mort, je t'ai vu te lancer sur sa trace.

— Je vous ai déjà expliqué que je tenais à lui parler.

— Et tu ne l'as pas rejointe ?

— Non.

— Comment est-ce possible ?

— Je me suis aperçu de la présence d'Emile... Alors, j'ai renoncé.

— Tu n'as pas revu Marguerite ?

— Jamais.

*
* *

Ils étaient groupés devant la cure et discutaient ferme. L'apparition de M. Quettehou les calma. Le boucher s'exclama :

— Enfin ! Te voilà... On se faisait un brave mauvais sang !

— Vous êtes gentils et je vous remercie... Comment avez-vous été au courant ?

— Ton Agathe est venue m'arracher du lit en me criant qu'on avait essayé de te tuer et que tu étais parti sans lui révéler où tu allais... Elle te voyait déjà égorgé dans un coin de la campagne. On s'apprêtait à réveiller le village et à constituer des équipes pour chercher ton cadavre.

Emu, le prêtre les regardait.

— Je vous dis merci à tous... Votre présence me réconforte.

Jérôme Châtel, le boulanger qui avait épousé Christine, la fille du boucher, avait plus de muscle que de cervelle.

— Monsieur le Curé, vous êtes sûr que c'est sur vous qu'on a tiré ?

En réponse, une fois de plus, l'abbé montra sa barrette et Châtel résuma l'opinion générale :

— Ça alors !... Celui qu'a tiré, il rigolait pas, hein ?

Ils s'en allèrent, impressionnés et n'ayant plus sommeil du tout. Lussan était resté.

— Je peux te causer un moment, Jules ?

— Si tu veux. Entre...

Ils s'installèrent dans la pièce commune. M. Quettehou s'enquit :

— Une goutte ?

— Non.

— Qu'est-ce qu'il y a, Bernard ?

— D'abord, il y a que je suis content que t'aies pas été touché.

— Je sais, mais ça me fait du bien que tu le dises.

— Ensuite, pourquoi que t'as été chez Paul ? Tu croyais que c'était lui ? A cause qu'il était achiné à la Marguerite Touques ?

— Oui.

— J'ai bien réfléchi, Jules, et ça m'étonnerait que Paul, le plus intelligent de nous tous, ait commis une pareille folie !

— Parce que tu te figures que celui qui a étranglé la petite, qui m'a flanqué un coup de fusil, est un imbécile ?

— Pour agir comme il a agi, faut pas être bien malin.

— Ou avoir peur ?

— Peur ?

— Le criminel me croit plus près de lui que je ne le suis. Alors, il essaie de m'arrêter.

— Quoi qu'il en soit, tu dois avertir la police.

— Je verrai.

— Comment ça, tu verras ? Tu dois appeler les gendarmes et si tu ne t'y décides pas, je m'en chargerai !

— Bernard, tu ne pourrais pas t'occuper de tes histoires et ne pas te mêler des miennes ?

— Tu oublies que je suis conseiller municipal et qu'à ce titre, je suis responsable de l'ordre dans le pays !

— Moi, je me soucie de mettre de l'ordre dans les âmes !

— Quand on te tire dessus, les âmes je m'en fous !

— Tu as toujours été un impie !

— Et toi, un vaniteux qui, pour l'heure, fait cause commune avec son assassin pour troubler l'ordre !

— Moi ?

— En essayant de te faire tuer !

— Bernard, va-t-en avant que je me mette en colère pour de bon !

— Tu me chasses ? Merci ! Je m'en vais... Et couche-toi vite en prenant quelque chose pour dormir car malgré tes grands airs, tu me sembles pas mal secoué !

Ils se serrèrent affectueusement la main. Ils étaient amis depuis si longtemps qu'ils pouvaient échanger injures et menaces sans que cela tirât à conséquences.

M. Quettehou avait enlevé sa soutane lorsqu'on gratta à sa porte. Sans se retourner, il cria :

— Entre !

Drapée dans une invraisemblable robe de chambre, élimée, délavée, reprisée, Agathe pénétra dans la pièce.

— Comment ça va ?

— Bien et toi ?

— J'ai dû prendre une goutte de Mélisse sur un sucre tant j'avais les nerfs croisés sur le cœur... Vous connaissez, à présent, le maudit qu'a essayé de vous tuer ?

— Non... Et pour ne rien te cacher, ma vieille, je ne sais plus si j'ai encore envie de le connaître.

— Ah ?

— Tu te rends compte, Agathe ? C'est peut-être un de ceux à qui j'ai enseigné le catéchisme qui a décidé de m'abattre... Peut-être est-il tous les dimanches devant moi, au premier rang... Peut-être lui donnai-je la communion chaque mois... Quelle faillite... ! J'ai prêché dans le désert... J'ai perdu tant et tant d'années ?... Je croyais servir l'Eglise et je la trahissais en me révélant inférieur à ma tâche... Voilà pourquoi je n'ai plus envie de découvrir le Judas qui a souhaité ma mort.

— Moi, je le connais.

— Qu'est-ce que tu racontes ?

— Quand je dis que je le connais, c'est façon de parler. La vérité, Monsieur le Curé, contrairement à ce que vous pensez, votre assassin, c'est pas un bon catholique.

— Pourquoi ?

— Parce qu'autrement, il saurait qu'au lieu de vous tirer dessus pour vous obliger à vous taire, il avait qu'à venir se confesser. C'était moins dangereux. J'ai raison ou pas ?

— Agathe, tu as plus de bon sens que ton pauvre curé... Il est vrai que s'il venait se confesser, je serais ligoté... Surtout, n'en parle à personne, pas la peine de lui souffler l'idée à ce misérable.

Le lendemain, tout Baroquier-la-Benoîte, mis au courant de l'attentat, était présent à la messe de sept heures. Le village voulait faire sentir à son curé qu'il se tenait derrière lui, prêt à l'épauler dans tout ce qu'il lui plairait d'entreprendre. M. Quettehou bafouillait d'émotion en lisant l'Epître. Il termina l'office et bénit l'assemblée en disant :

— Ite missa est... et merci à vous tous, mes chers amis.

A la sacristie, il eut la surprise de voir Mlle Stéphanie. Il ne put s'empêcher de l'apostropher durement :

— Qu'est-ce que vous fabriquez ici, vous ?

— C'est parce que j'ai appris...

— Quoi, encore ?

— Ce qui vous était arrivé cette nuit.

— Et alors ?

— A l'idée que vous auriez pu mourir sans me pardonner mes méchancetés, j'ai cru devenir folle... C'est vrai que je suis un brin malade, Monsieur le Curé... Mais si les autres voulaient seulement m'aider, un petit peu, je suis sûre que je guérirais... Ils me détestent...

— Mais non, Stéphanie... Ils ont la trouille quand ils vous voient parce qu'ils se demandent quelles vilainies vous allez leur lancer... Stéphanie, je suis au courant presqu'autant que vous des choses pas bien jolies qui se passent dans notre village... Les hommes et les femmes ne sont que des hommes et des femmes. Pourquoi exiger d'eux qu'ils se conduisent comme des saints ? Ils ont été chassés du Paradis terrestre, ma pauvre Stéphanie, et, je ne crois pas qu'ils soient près d'y rentrer... Alors, laissez le Bon Dieu exercer sa justice et répétez-vous sans cesse : ne jugez pas si vous ne voulez pas être jugé.

— J'essaierai...

— Le Seigneur vous aidera si vous faites preuve de

repentir... Agenouillez-vous sur ce prie-Dieu que je vous bénisse tout particulièrement.

La petite cérémonie terminée, Stéphanie avant que M. Quettehou n'ait pu esquisser un geste de défense saisit la main du prêtre et la baisa.

— Stéphanie, voyons...

— Je suis si heureuse... si heureuse... Je vais chez ma sœur à Laversanne, comme tous les trimestres et je vous rapporterai des confitures de coing, c'est sa spécialité.

La demoiselle s'en fut sur un rire de fillette et l'abbé remercia le Ciel :

— Cette lumière que vous avez mise, Seigneur, au cœur de chacune de vos créatures...

— Alors, vous vous êtes laissé prendre à ses simagrées ?

Le curé se retourna. Agathe le fixait d'un œil mauvais.

— J'ai entendu. Je me tenais derrière cette porte.

— Je connais tes habitudes.

— Parfaitement et c'est heureux pour vous, parce que vous êtes pas de force à résister à ces diablesses ! Des confitures de coing ! Des fois que vous trouveriez les miennes mauvaises ?

— Tu sais bien que non ?

— Dans ce cas, si elle a le culot d'en apporter à la cure, je les lui flanque par la figure !

Le curé se redressa de toute sa hauteur et avec une autorité inhabituelle, ordonna :

— Cela suffit, Madame Antrain ! J'ai déjà une brebis galeuse dans ma paroisse, je ne tiens pas à en avoir une seconde. Si Stéphanie vient à la cure, avec ou sans confitures, vous lui donnerez le baiser de paix.

— A cette cagnasse ? Jamais !

— Alors, vous ferez vos paquets !

— Vous me chasseriez, moi ?

— Je ne tiens pas à cohabiter plus longtemps avec quelqu'un qui méprise l'enseignement évangélique !

Agathe était au bord des larmes. M. Quettehou s'approcha d'elle.

— Si toi, tu ne donnes pas l'exemple, qui le donnera ?

— Si vous tenez absolument à ce que je sois aussi couillonne que vous...

— Agathe !

— ... je le serai ! Et quand la Stéphanie s'amènera, j'y dirai : « Assieds-toi là, pauvre Marie-Graillon que je te prépare une tasse de café pour me faire pardonner de t'avoir chatouillé avec ma maluche.

— Tu lui offriras le café sans prononcer de discours !

— Vous voulez me livrer à elle pieds et poings liés, hein ?

— Je te demande simplement de pratiquer le pardon des injures.

— Je commence à comprendre ce qu'ils ont enduré les martyrs ! Je vous mitonne une blanquette de veau pour le déjeuner ?

— Tu te débrouilles toujours pour me prendre par mon point faible. C'est de la lâcheté !

— Plaignez-vous, en plus ! J'aurai tout entendu ! Et où c'est que vous allez maintenant ?

— Chez les Touques.

*
* *

Il semblait invraisemblable que l'assassin de Marguerite lui ait volé son écharpe. Dans quel but ? Par fétichisme ? En souvenir ? alors c'est que l'on avait affaire à un fou sinon il aurait compris le danger mortel que lui faisait courir cette pièce de soie. L'enterrer ? La brûler ? Pour quelles raisons ? Avait-il redouté d'y laisser ses empreintes digitales ? Idiot...

Marthe ravaudait près de la fenêtre et son mari lisait le journal. A peine M. Quettehou avait-il poussé la porte que l'Alphonse cria :

— J'espère que vous venez pas encore nous parler du Bon Dieu ?

— Quand on porte l'habit que je porte, Alphonse, on ne peut guère parler d'autre chose.

— J'ai pas envie de vous entendre ! Le Bon Dieu, j'y crois plus ! Combien de fois faudra-t-il que je vous le répète ?

Marthe osa essayer de le calmer.

— Tu devrais pas dire des mots pareils, Phonse, on a déjà eu assez de malheurs.

— Toi, mêle-toi de ce qui te regarde !

— Tu te figures te conduire comme un homme sous prétexte que tu te moques du Seigneur, que tu me reçois de façon honteuse et que tu t'en prends à ta femme ? Son malheur n'est peut-être pas le tien, des fois ?

— Vos belles paroles me rendront pas ma fille !

— Ne sois pas stupide, tu sais parfaitement que ce n'est pas possible.

— Alors, si c'est pas possible, foutez-moi tous la paix. Sur ce, il se leva, ôta ses sabots et grimpa s'enfermer dans la chambre. Marthe soupira :

— Tous les jours, c'est la même chose... J'ai peur que sa tête y résiste pas.

— S'il était meilleur chrétien, il saurait que la mort de sa fille n'est qu'une épreuve, une simple séparation. Seulement, Alphonse n'a pas la foi... Marthe, je voulais vous demander : le jour de sa mort, votre fille portait bien une écharpe autour du cou ?

— Oui, l'écharpe que lui avait donnée ma sœur Albertine pour son anniversaire.

— Une écharpe bleue et rose ?

— Oui. Pourquoi ?

— Je voulais être certain que je ne m'étais pas

trompé. Cette écharpe, vous ne l'avez pas revue, n'est-ce pas ?

— Non et j'aime mieux pas... Ça me rappelerait trop la façon dont ma petite est morte.

— Marthe... Quoi qu'il vous arrive... Vous pouvez venir vers moi.

La femme secoua la tête.

— Je le croyais avant... Avant mon malheur, plus maintenant.

— Je ne comprends pas ?

— Ben... Quand le malheur est pas là, on se figure que la foi dans le Seigneur... La confiance dans le prêtre aideront à supporter... C'est pas vrai, Monsieur le Curé. Dans la peine, on est toujours seule... Le Bon Dieu est loin, trop loin... Et le prêtre, il reste en dehors de nos peines... Parce qu'il peut pas avoir les mêmes... Pardonnez-moi de vous parler de cette manière, mais c'est pour expliquer.

*
* *

Remontant vers Baroquier-la-Benoîte, M. Quettehou était plongé dans une sorte d'état second. Il n'arrivait pas à distinguer par quel cheminement extraordinaire, le monde tranquille dans lequel il vivait depuis tant d'années, s'effondrait en quelques heures pour montrer un visage inconnu et épouvantable. Ce troupeau fidèle dont il s'imaginait le pasteur respecté, s'égaillait sous ses yeux sans qu'il en puisse retenir les éléments. Il ne comprenait pas et lorsqu'il tentait de le faire, il se perdait très vite dans une théorie que les événements démentaient, dans des souvenirs consolateurs dont trop d'exemples actuels disaient le mensonge.

Le malheureux curé trébuchait sur le chemin le ramenant chez lui où il pourrait, à l'abri des regards, pleurer sur les illusions si longuement nourries et qui, tout d'un coup se révélaient brutalement n'être que ce qu'elles avaient toujours été, des illusions.

A 8 h, le lendemain matin, M. Quettehou se tenait en bordure de la route nationale, attendant le car qui le mènerait à Troussis où il désirait rencontrer M. Ommeray, l'archiprêtre. Le curé de Baroquier-la-Benoîte n'avait pas fermé l'œil de la nuit. Il en avait trop gros sur le cœur. A l'aube, comprenant qu'il ne pouvait porter seul sa charge, il décidait d'aller demander conseil à l'archiprêtre. Mise au courant, Agathe avait naturellement protesté : dans l'état où elle voyait son maître, elle estimait qu'il ne pouvait voyager seul, fut-ce pour se rendre à une douzaine de kilomètres de là. De guerre lasse, l'abbé finit par l'autoriser à l'accompagner et c'est pourquoi, dans le soleil neuf, sa petite silhouette tenait compagnie à celle, imposante, du malheureux M. Quettehou.

Pendant qu'Agathe se promenait dans Troussis et allait saluer des commerçants dont elle avait connu les grands-parents, son curé finissait d'exposer ses graves soucis à l'archiprêtre. Il termina en se demandant s'il n'avait pas trahi l'uniforme des soldats du Christ. Il était si sincèrement désespéré que son hôte en fut touché. M. Ommeray comprenait que ce sexagénaire avait merveilleusement gardé la foi de son enfance et une naïveté réconfortante à une époque où tout n'était que machinations, ruses, ambiguïtés.

— Mon fils, savez-vous que je vous en voulais un peu pour le mauvais tour que vous m'avez joué lors de ma visite ?

— Mauvais tour ?

— Votre Agathe doit avoir des relations diaboliques pour pouvoir mettre aussi totalement hors de combat un vieux prêtre habitué par force à l'abstinence ? Seigneur, quel bon repas ! J'en ai honte, mais je n'ai pas le courage de le regretter. Comment oserai-je mentir à

Celui qui sonde les cœurs et les reins ? Je reconnais que pécher est souvent bien agréable... Maintenant, venons-en à votre affaire. Certes, le meurtre de Marguerite Touques est un drame et abominable, mais je ne comprends vraiment pas en quoi votre responsabilité est engagée ? Ce qui s'est passé, ce qui se passe dans votre paroisse n'a rien à voir ni avec Dieu ni avec votre ministère. Que quelques-unes de vos ouailles aient méconnu les préceptes que vous enseignez, qui pourrait s'en étonner, s'en indigner ? En dépit des deux mille ans d'efforts poursuivis par l'Eglise, l'homme ne s'est guère amélioré. Est-ce une raison pur désespérer de lui ? Non, mon fils. Notre tâche est décourageante, par moments, ingrate presque toujours, mais c'est à cause de cela que nous avons été choisis. Le christ portera longtemps encore Sa croix et nous sommes là pour l'aider.

— J'ai l'impression de lui avoir fait un croc-en-jambe.

— Ne dites pas de bêtises !

— Si j'avais su me montrer plus convainquant, plus persuasif...

— Et Judas qui vivait près de Jésus ? Allons, mon fils, cessez de pleurnicher sur vos déceptions que nous avons tous connues et ne vous lamentez pas parce qu'on a voulu vous tuer. Rappelez-vous notre Maître dans la nuit du Jardin des Oliviers... Oubliez les vilénies trop humaines de vos semblables. Essayez plutôt de découvrir le criminel, votre frère en Jésus-Christ qui, d'après vos explications est en proie à la peur. Tentez de le rejoindre dans le ténèbres où il se débat pour lui montrer le seul chemin qui lui reste ouvert : celui qui mène vers Dieu.

— La police...

— Ne vous en occupez pas. Oubliez la promesse faite à cet inspecteur. La vengeance de la société ne vous regarde pas.

— Alors, vous... Vous pensez vraiment que je... Enfin que je n'ai pas trahi ?

L'archiprêtre sourit et raccompagnant son visiteur :

— Ne donnez pas dans le masochisme, mon fils. Prenez soin de votre santé, car nous avons besoin de prêtres comme vous et nous ne voudrions pas vous perdre.

*
* *

Pendant le trajet du retour, M. Quettehou rasséréné écouta d'une oreille complaisante la grosse provision de nouvelles et de ragôts qu'Agathe avait accumulée durant qu'il s'entretenait avec l'Archiprêtre. La servante se perdait avec délices dans l'énumération de liens de parentés, de promesses de mariages, d'alliances hypothétiques, de grossesses supputées, de chamailleries estompées, de querelles aggravées conduisant aux haines familiales les plus solides et les plus longues. Elle avait profité de son court séjour au chef-lieu de canton pour faire un tour chez l'herboriste qui lui avait donné une tisane susceptible de faire se décroiser ces nerfs qui ne cessaient de se croiser sur son cœur et nulle part ailleurs.

Pressée par le temps, Agathe ne put offrir à déjeuner qu'une omelette aux fines herbes, des pommes de terre au lard et un joli morceau de Bleu de Laqueille. Ayant retrouvé sa soif que le chagrin avait, en partie, asséchée, le prêtre digérait paisiblement en se remémorant les propos de M. Ommeray lorsque sa servante vint lui annoncer l'arrivée de l'inspecteur.

Apparemment, M. Rulles n'était pas de bonne humeur.

— Alors, Monsieur le Curé, il a fallu que ce soit le maire qui m'apprenne qu'on a attenté à votre vie l'autre nuit, lorsque nous nous sommes quittés ?

— De quoi se mêle-t-il celui-là ? Je suis assez grand pour faire mes commissions moi-même, non ?

— Sans doute, mais vous ne les faites pas ! Pourquoi ne m'avez-vous pas prévenu dès hier matin ?

— Je ne sais pas.

— Connaîtriez-vous votre agresseur ?

— Non.

— Je n'en suis pas sûr.

— Diriez-vous que je mens pour égarer la justice ?

— Pour protéger quelqu'un, peut-être ?

— Je vous affirme que non.

— Je n'ai pas le droit de douter de votre sincérité, Monsieur le Curé, mais il n'empêche que je crois m'être trompé en pensant que vous pouviez, à la fois, servir Dieu et notre justice. De toute façon, cette histoire a assez traîné. Je voulais donner confiance au criminel pour l'amener à se découvrir. J'ai échoué. Je vais donc brusquer les choses. Il me faut d'abord établir si celui qui a tué Marguerite Touques et celui qui vous a tiré dessus est une seule et même personne.

Horrifié, M. Quettehou s'écria :

— Seigneur ! Vous ne prétendez pas que la population entière de Baroquier-la-Benoîte veut ma mort !

— Je n'en sais rien, mais ce que l'expérience m'a appris c'est que l'exemple est souvent suivi.

— Je ne saisis pas ?

— Monsieur le Curé, ne pourrait-on imaginer que quelqu'un ou quelqu'une inquiété par vos menées, pour soi ou pour un tiers, vous épie de l'aube au crépuscule afin de pouvoir contrer vos efforts et que, vous ayant trouvé endormi, a eu recours à cette ruse puérile de la menace écrite ?

— Si, sans doute, mais...

— Alors, qu'est-ce qui nous empêche de penser que le meurtrier, mis au courant, n'a pas voulu profiter de cet enfantillage pour se débarrasser définitivement de vous et de votre curiosité ?

— Je me rends.

— Bon. Maintenant, Monsieur le Curé, la sottise du premier geste devrait vous indiquer son auteur.

— Franchement, je ne vois pas.

— Parce qu'inconsciemment, vous refusez de voir. Réfléchissez : nous avons trois suspects : Emile Périers, Paul Evre et l'instituteur. D'accord ?

— D'accord.

— Sur ces trois hommes, le plus fruste, le moins savant, Emile.

— Emile n'est pas une brute... même pas un esprit élémentaire et je crois qu'il m'aime bien.

— Et sa mère ?

— Marthe ?

— Oui... Vous ne pensez pas qu'elle est capable de n'importe quoi pour défendre son fils si elle l'imagine menacé ?

— Si...

— Lorsque je l'ai rencontrée, cette femme m'a frappé par son aspect de... Comment dirais-je ?... De mère-combattante... C'est la femelle puissante qui, au seuil de la grotte préhistorique, défend son petit. J'ignore si Mme Périers est ou non convaincue de l'innocence de son fils, mais elle veut qu'on le laisse tranquille. Ajoutez à cet état d'esprit le fait qu'elle haïssait la victime pour laquelle son Emile a failli mourir... Parce que vous êtes le curé et qu'elle vous a toujours tenu pour quelqu'un de très au-dessus d'elle, une sorte de chef de clan, elle vous craint plus que moi qui n'appartiens pas à son univers et donc qu'elle imagine incapable d'y comprendre quoi que ce soit. Mais il arrive que les plus fanatiques démolissent leurs idoles quand ils jugent qu'elles manquent à leurs obligations.

— Ma foi...

— Alors, accompagnez-moi chez les Périers.

— Après ce que vous venez de m'expliquer, ne craignez-vous pas que...

— Madame Périers a peur de vous, sans doute souhaite-t-elle être débarrassée de votre surveillance mais elle continue à vous respecter. En votre présence, mentir lui sera plus difficile et comme elle n'a pas l'habitude, nous l'obligerons peut-être à dire la vérité.

*
* *

Tandis qu'ils gagnaient côte à côte le domaine du Dru, M. Quettehou se sentait mauvaise conscience. Pourquoi se transformait-il en gendarme ? Et puis, cet Emile, il l'avait vu naître, l'avait baptisé... Il avait toujours été un doux, un timide... A l'école, les autres gosses disaient qu'Emile était une fille. Où aurait-il trouvé le courage de serrer le cou de cette fille qu'il adorait, jusqu'à ce que mort s'ensuive ? Il se serait plutôt effondré à ses pieds en larmes. Lorsqu'ils arrivèrent à la ferme du Dru, le cœur du prêtre battait à grands coups.

*
* *

M. Quettehou entra le premier. Avant même de s'occuper des Périers, il regarda ce décor rustique semblant fait pour une existence paisible, ordonnée et il allait, en compagnie de l'inspecteur flanquer tout cela en l'air. Il ne se sentait pas fier de lui.

Marthe qui se tenait à son fourneau, se tourna vers ses visiteurs et l'abbé la vit pâlir. Il se fit aussi persuasif qu'il le put.

— Ne t'affole pas, Marthe... M. l'Inspecteur désire parler à ton fils.

— Il est pas là.

— Il ne doit pas être loin ?

— J'sais pas.

Le curé secoua tristement la tête.

— A quoi cela sert-il, Marthe ? Tu dois bien te douter que si la police veut trouver Emile, elle le trouvera ?

— Il a pas tué la Marguerite !

— Personne ne l'a encore accusé. Tu es assez intelligente pour admettre que les sentiments que ton fils portait à Marguerite le range parmi les suspects ?

Le policier vint se placer devant la fermière.

— Au nom de la loi, Madame, voulez-vous me dire, oui ou non, où se trouve le jeune Emile Périers ?

— J'sais pas.

— Prenez garde ! Ce que vous êtes en train de faire s'appelle complicité... Et si jamais votre fils était convaincu de meurtre, vous comparaîtriez à ses côtés sur le banc des Assises !

— C'est pas juste !

— Juste ou pas, la loi est la loi !

La porte s'ouvrit sur un coup de pied et Auguste Périers se montra, le fusil à la main.

— Ma loi à moi, c'est que vous foutiez le camp et en vitesse si vous tenez pas à ce que je vous plombe !

Marthe gémit :

— Auguste ! Tu es fou !

— Fou ou pas, je veux que ces deux-là déguerpissent !

M. Quettehou soupira :

— Mon pauvre Auguste...

— La pitié, j'en ai pas besoin !

L'inspecteur intervint :

— Votre geste est grave, Monsieur Périers.... Si vous persistez dans cette attitude, nous nous retirerons, mais je reviendrai avec les gendarmes. Alors ?

— J'attendrai les gendarmes !

— Ça ne sauvera pas votre fils. Vous venez, Monsieur le Curé ?

— Non....je reste encore un peu.

Auguste ordonna :

— Partez, vous aussi ! Vous avez plus rien à faire chez moi.

— Tu te trompes. A plus tard, Monsieur l'Inspecteur.

— A demain, avec les gendarmes.

Le policier sorti, le prêtre s'adressa au maître du Dru.

— Tu es content de toi, Auguste ?

En réponse, le fermier braqua son fusil sur le ventre de son interlocuteur.

— Si vous êtes pas parti dans cinq secondes, je tire !

— Et tu te figures que le Bon Dieu, quand tu te présenteras devant Lui, te féliciteras d'avoir assassiné ton curé ?

L'argument troubla le furieux.

— Vous avez qu'à laisser l'Emile tranquille !

— Parce que tu me juges trop bête pour ne pas savoir où il est caché ?

— On dit ça !

Mais sa voix n'était pas très assurée.

— Depuis qu'il a atteint sa deuxième année, Emile chaque fois qu'il a peur ou qu'il boude, se cache dans la soue aux cochons. Tu vois que si j'avais voulu renseigner le policier, j'aurais pu le faire, non ?

Périers alla poser son arme sur la table.

— Qu'est-ce que vous avez à vous acharner contre nous ?

— Serais-tu plus bête que nature, Auguste ? J'essaie de vous protéger, parce que moi je suis sûr de l'innocence d'Emile, mais il faut qu'elle soit établie au grand jour, sinon il y aura sans cesse des gens pour raconter des méchancetés sur son compte et cela risque de lui empoisonner l'existence. Vous ne pouvez pas mettre ça dans vos caboches ?

Ils se regardaient, hésitants. Enfin, Marthe murmura :

— L'Emile est pas capable de se défendre tout seul.

— Et tu essaies de prendre sa place ?
— C'est mon fils.
— Pour le défendre... Tu n'aurais pas été jusqu'à prétendre m'effrayer ?
Elle le contempla avec des yeux si incompréhensifs que M. Quettehou fut certain que l'hypothèse de l'inspecteur était fausse.
— Bon... Vous devez vous persuader tous les deux que Baroquier-la-Benoîte ne retrouvera sa vie d'avant que lorsque le criminel aura été arrêté. Ne vous entêtez pas et si, vraiment, l'Emile est innocent, comme j'en suis certain, dites-lui de se présenter au policier et de ne pas attendre que les gendarmes viennent le chercher. Ce serait terrible pour vous tous. Il n'y aurait plus de Domaine du Dru. Réfléchissez. Que le Seigneur vous conseille, mes pauvres amis...
Ils ne répondirent pas, écrasés par les perspectives que les paroles du prêtre leur faisaient entrevoir et M. Quettehou s'en fut. On ne pensa pas à le saluer.
En passant devant la soue, sans bouger la tête ni dévier de sa route, le prêtre lança d'une voix forte :
— Tu peux sortir, Emile, le policier est parti !
Et il poursuivit son chemin. Bientôt, il entendit courir derrière lui. Il s'efforça à ne pas se retourner jusqu'à ce qu'essouflé, quelqu'un haletât dans son dos.
— S'il vous plaît...
Alors M. Quettehou s'arrêta et daigna faire face à celui qui l'avait rattrapé.
— Elle est terminée, ta comédie, Emile ? Tu crois malin d'agir comme tu le fais ? Demain, l'inspecteur va revenir avec les gendarmes. Aurais-tu l'intention de les recevoir à coups de dusil en compagnie de ton imbécile de père ?
— Oh ! Non...
— Dans ce cas, veux-tu m'apprendre à quoi rime ton besoin de te cacher ?

— J'ai peur.

— Tu n'as pas à avoir peur si tu n'as rien à te reprocher. L'inspecteur Rulles est un honnête homme. Il ne tient pas du tout à fourrer en prison des innocents !

— J'ai pas peur de lui...

— Et de qui, alors ?

— De celui qu'a tué Marguerite.

— Tu te moques de moi ? Pourquoi craindrais-tu l'assassin ?

— Parce que je le connais.

M. Quettehou, incrédule, dut se forcer pour demander :

— Tu te rends compte de ce que tu viens de me dire ?

— Oui.

— Et comment le connais-tu ?

— Au début de l'après-midi, quand je suis été sûr que la Marguerite était pas chez l'instituteur, je suis rentré en me demandant où elle était passée. J'arrivais au croisement d'où par le sentier du Creux du Loup quand j'en entends un qui s'amène en courant. Ça m'a paru louche et je me suis caché. Lorsqu'il a été passé, j'ai repris mon chemin. C'est qu'à la nuit, je sais pas trop pourquoi, peut-être parce que j'arrivais pas à comprendre où était allée Marguerite, que je suis reparti dans la forêt. A l'école, j'ai encore fait chou blanc et je devine pas ce qui m'a poussé, au retour, à prendre le sentier du Creux du Loup, où j'ai trouvé ma pauvre Marguerite. Elle était toute froide. On l'avait tuée depuis plusieurs heures... Et celui que j'avais surpris l'avait sûrement vue. Alors, pourquoi qu'il a pas prévenu ?

— Si tu sais qui il est pourquoi ne l'as-tu pas dénoncé ?

— J'ose pas... J'aimerais mieux qu'il aille vous trouver et qu'il vous avoue son crime.

— Pour quelles raisons viendrait-il se livrer maintenant puisqu'il n'a pas jugé bon de le faire plus tôt ?

— Je vais lui dire que je sais. S'il se dénonce pas, je vous apprendrai son nom.

— Quand ?

— Demain.

— Ecoute, Emile...

Le garçon se mit à reculer.

— Non... Non... Demain...

Et pour ne pas avoir à discuter plus longtemps avec le prêtre, Emile prit ses jambes à son cou pendant que M. Quettehou s'égosillait inutilement à l'appeler.

*
* *

Ce soir-là, au café, presque tous ceux du bourg étaient là et menaient grand bruit dans une atmosphère épaisse où la fumée des pipes et des cigarettes se mêlait à l'odeur du vin. La Germaine Essoyes avait les joues rouges comme l'hiver quand elle sortait et que la burle (1) la caressait cruellement. Elle s'affairait tellement à servir, à nettoyer la table de celui-là, à enlever les chopines vides pour les remplacer par des pleines que sa coiffure se défaisait. Son mari jouait à la coinchée avec des amis. Il demeurait attentif à ses cartes car l'équipe perdante paierait la tournée.

L'entrée de M. Quettehou fut, comme à l'ordinaire, accueillie par une rumeur sympathique et à la table du coucher qui buvait avec son gendre, on lui fit place.

— Alors, Jules, t'avances dans tes recherches ?

— Peut-être.

Cette réponse laconique retint d'un coup l'attention. Les têtes se tournèrent vers le prêtre. Conscient de l'intérêt de l'assemblée, Lussan insista :

— Emile Périers, hein ?

— Non.

(1) Vent du Nord.

— Ah ? T'as la preuve que c'est pas lui ?
— Je l'aurai demain.
— Jules, tu me fais marcher !
— Pas du tout... Mais je t'en dirai pas plus... Le secret ne m'appartient pas, du moins pas encore.

On ne pensait plus ni à jouer ni à boire. On écoutait. Dans l'ensemble, on partageait l'incrédulité du boucher. On savait que M. Quettehou avait une faiblesse pour tous les jeunes qu'il avait baptisés et qu'il les considérait un peu comme ses enfants. Le gendre du boucher, Jérôme Châtel, un athlète placide, l'homme le plus costaud de la commune, s'enquit :

— Si c'est pas l'Emile, qui c'est ?
— Comment veux-tu que je le sache ? Paie-moi donc une chopine au lieu de poser des questions idiotes ?

A cet instant, quelqu'un dit très fort :

— Châtel, Monsieur le Curé ne vous confiera pas, par charité chrétienne, le nom de celui qu'il soupçonne et que celui-là, c'est moi ! N'est-ce pas, Monsieur le Curé ?

Henri Héné, au fond de la salle, s'était levé. M. Quettehou n'était pas un homme à rester coi quand on l'interpelait :

— Ainsi que vous l'avez remarqué, Monsieur l'Instituteur la charité chrétienne m'interdit d'accabler mon prochain à la légère, alors j'estime votre réflexion à Jérôme fort déplacée, si vous voulez mon avis.
— Et être soupçonné de meurtre, vous croyez que c'est agréable ?
— Sûrement pas. Mais je ne pense pas avoir prononcé votre nom ?
— Il est sur toutes les lèvres, mon nom !
— A qui la faute ?
— Aux faiseuses de ragots ! A tous ceux qui voient le mal partout et qui ont le culot d'aller à l'église alors qu'ils ont l'âme si sale que personne ne pourrait la décrasser !

Une houle de protestations salua la condamnation, par M. Héné, des paroissiens de Baroquier-la-Benoîte. Le prêtre sentit qu'il tenait la victoire en mains. Très calme, il répliqua :

— Je vous laisse la responsabilité de vos paroles. Toutefois, permettez-moi de souligner qu'avant de critiquer la saleté des autres, il serait préférable de balayer devant sa porte.

— Parce que je suis l'étranger, on est contre moi, hein ? Si vous êtes tellement sûr de ma culpabilité, pourquoi l'inspecteur ne vient-il pas m'arrêter ?

— Je ne suis pas certain, Monsieur l'Instituteur, que ce ne soit pas dans ses intentions.

M. Héné jeta un billet sur la table et sortit du café sans saluer personne.

CHAPITRE IV

Chapitre I

Monsieur Quettehou était, à nouveau, d'humeur grognonne. Le drame que vivait Baroquier-la-Benoîte ne troublait pas seulement la paix du village, mais aussi le métabolisme de son curé. Agathe faisait les frais des variations psychologiques de son maître. La vie l'ayant dotée d'une certaine philosophie, la vieille servante savait se taire dans ces moments difficiles et, courbant l'échine, attendait que les orages se soient calmés. Désormais, elle pénétrait dans la chambre du prêtre avec mille précautions et après un « bonjour, Monsieur le Curé » très déférent, elle déposait le plateau sur le lit.

— Tu peux le remporter, je ne déjeunerai pas !

— Pourquoi ?

— Parce que je n'ai pas faim.

Tout de suite inquiète, l'Agathe.

— Vous êtes malade ?

— J'ai l'âme malade.

— A cause ?

— A cause de cet imbécile d'Emile !

Elle savait qu'il ne fallait plus piper mot. Si M. Quettehou avait envie d'expliquer, il le ferait.

— Je me demande si, une fois encore, je n'ai pas commis une grosse sottise... J'aurais peut-être dû avertir l'Inspecteur, au lieu de faire confiance à Emile. Qu'en penses-tu ?

— J'en pense que l'Emile, il est quasiment mort de frousse et qu'il a tellement peur des gendarmes qu'il raconte n'importe quoi pour qu'on le laisse en paix. Il connaît pas plus l'assassin que moi, à moins que ça soye lui !

— Je voudrais te croire... Pourvu qu'il ne lui arrive rien !

— Que voulez-vous qui lui arrive ?

— Je ne sais pas... Je ne suis pas tranquille, voilà tout ! Je vais aller demander, une fois de plus au Seigneur de m'aider.

*
* *

Sa messe dite, le curé, pendant que sa maigre assistance se retirait, savourait sa déception. Il avait espéré qu'Emile aurait assisté à l'office et que, celui-ci terminé, il se serait présenté à la sacristie pour ses fameuses révélations. Mais le garçon n'était pas venu et M. Quettehou s'en voulait d'avoir cru en lui. Ce galapiat (1) s'était moqué de lui ! Tout ce que souhaitait le garçon c'est qu'on ne s'occupât plus de lui et, dans ce but, l'imbécile racontait n'importe quoi ! Mais, s'il se figurait pouvoir s'en tirer de la sorte, il se trompait. Il allait apprendre qu'on ne se paie pas impunément la tête de son curé ! Il y avait trop longtemps que ces Périers bafouaient et la loi de Dieu et celle des hommes !

A la sacristie, tandis que le jeune Tonin l'aidait à se

(1) Polisson.

débarrasser de ses ornements sacerdotaux (Agathe boudant depuis que Stéphanie s'était réconciliée avec le prêtre,) M. Quettehou lui demanda timidement :

— Par hasard, tu n'aurais pas vu l'Emile Périers, à la messe ?

— A la messe, non.

Le ton du gamin intrigua le curé.

— On dirait que tu l'as vu, ailleurs ?

— Ça se pourrait.

— Ce matin ?

— Ce matin.

La patience n'était pas la qualité primordiale de M. Quettehou. Il attrapa son clergeon et se mit à le secouer durement :

— Qu'est-ce que ça signifie ? Tu te moques de moi, toi aussi ? Tu parles ou je t'étrangle, mauvaise bête ?

— Comme la Marguerite !

Le prêtre s'arrêta pile. On eut dit que quelque enchantement l'avait changé en statue. Il se rendait brutalement compte qu'il venait de se conduire de la façon dont l'assassin s'était sans doute conduit. Il en éprouvait une honte indicible. Conscient de la peine de M. Quettehou, Tonin, à son tour, s'affola. Prenant la grosse main du prêtre dans la sienne, il sanglota presque :

— Je vous demande pardon.

— Non, tu as eu raison... Je n'aurais pas dû...

Désireux de se racheter, le gamin disait :

— Quand j'ai rencontré l'Emile, il arrivait du bois... Celui où qu'on a trouvé sa bonne amie... Il avait l'air tout ahuri. J'y ai parlé, il m'a pas répondu... J'y avais demandé pourquoi qu'il portait un truc de fille autour du cou...

— Un truc de fille ?

— Vous savez bien, ces étoffes comme de la soie, fines, transparentes.

L'abbé eut du mal à prononcer les mots qu'il lui fallait prononcer.

— Une écharpe ?

— C'est ça !

— As-tu vu de quelle couleur elle était ?

— Bleue surtout mais avec une autre couleur.

M. Quettehou s'assit sur le tabouret qui servait à Agathe pour atteindre le haut de l'armoire où l'on rangeait les objets du culte. Il congédia Tonin et resta seul avec sa détresse. Ainsi, Emile lui avait menti... Emile avait tué Marguerite... La comédie qu'il lui avait jouée ! Les parents étaient-ils au courant ? A cette idée, le chagrin du prêtre s'estompait pour faire place à une indignation qui tournait vite à la colère. Eh bien ! puisqu'il en était ainsi, le prêtre allait, sans retard, prévenir le policier de ce que le jeune Périers portait au cou l'écharpe de la morte !

En chemin, le prêtre réfléchit qu'il n'était peut-être pas très prudent de téléphoner de la poste où l'installation matérielle ne garantissait certainement pas la discrétion. Il résolut d'appeler l'inspecteur de la mairie.

Quand il fut en présence du maire, le curé oublia la raison première de sa démarche pour se rappeler son irritation à l'égard de Meslay qui avait renseigné le policier sur l'attentat.

— Valentin, je suis fâché contre toi !

— A cause ?

— Parce que tu t'es mêlé de ce qui ne te regardait pas !

— Bah !

— Qu'avais-tu besoin de parler à la police de ce coup de fusil ? D'abord, comment étais-tu au courant ?

— Lussan me l'a appris...

— Celui-là !...

— Il n'a fait que son devoir ! Que vous m'en vouliez

ou pas, je m'en fous car je n'accepte pas qu'on me tue mon curé !

Attendri, M. Quettehou.

— Je te remercie, Valentin... Cependant tu m'as mis dans de mauvais draps avec ce policier qui m'accuse, en dépit de notre alliance, de lui cacher la vérité ou du moins ce que je sais... Et le malheur, Valentin, c'est qu'il a raison !

— Non ?

— Si... J'aurais dû l'avertir pour Emile et je crois que j'ai encore été roulé !

— Comment cela ?

— Figure-toi qu'hier, j'ai eu un entretien avec Emile, qui avait échappé à l'inspecteur, et ce pagnot de vogue(1) m'a persuadé qu'il n'était pas le meurtrier de Marguerite.

— Et alors ?

— Ce matin, en venant me servir la messe, Tonin, tu sais mon Tonin ? il a vu l'Emile avec l'écharpe de la morte autour du cou.

— Bon Dieu !

— Ce coup-là, tant pis, il faut que j'avertisse l'inspecteur.

— Je ne pense pas que vous puissiez agir autrement...

*
* *

L'inspecteur Rulles s'apprêtait à quitter son bureau pour aller déjeuner, lorsqu'on l'avertit que le curé de Baroquier-la-Benoîte désirait lui parler. Le policier prit l'appareil.

— Bonjour, M. Quettehou... Quelque chose de nouveau ?... Ah ! Ah ! Vous ne pouvez pas me le dire ainsi...

(1) Une « frappe » en argot du milieu mais avec une nuance plus affectueuse.

Bon, eh bien ! Je serai à deux heures chez vous, d'accord ? Parfait, à tantôt...

Rulles raccrocha en maugréant :

— Qu'est-ce qu'il a encore inventé pour me berner, celui-là ?

*
* *

Le curé de Baroquier-la-Benoîte somnolait dans son fauteuil, au jardin. Pour apaiser son humeur, il avait bu une chopine de plus que sa ration ordinaire au désespoir d'Agathe qui avait eu des mots très durs pour stigmatiser l'intempérance de son maître, mais ce dernier n'en avait eu cure. Il avait même négligé d'expliquer, une fois de plus à sa servante, son innoncence dans cette soif quasiment inextinguible dont l'Eternel avait jugé bon de le doter. Pour l'instant, bouche ouverte, mains croisées sur son ventre, le saint homme ronflait à la façon d'une corne de brume car si son ronflement partait honnêtement, puissamment au point d'affoler les insectes danseurs craignant d'être aspirés, il s'achevait dans une sorte de râle claironné du plus désagréable effet. Mais à le voir ainsi, il personnifiait la candeur du croyant endormi dans sa confiance en Dieu. C'est ainsi d'ailleurs que le découvrit l'inspecteur. Il n'osa pas le réveiller. Il confia à voix basse ses hésitations à Agathe qui l'avait introduit.

— J'ai scrupule à le déranger...

— Vous avez bien du temps à perdre !

Elle s'avança d'un pas résolu et se penchant à l'oreille du prêtre, elle poussa une sorte de glapissement qui déclencha les aboiements des chiens du coin et fit sursauter M. Quettehou. L'œil vague, la bouche amère, il gémit :

— O Seigneur ! Je me figurais dans la vallée de Josaphat où venait de m'éveiller la trompette de tes Anges !... C'est toi qui as poussé ce hurlement, Agathe ?

— Comme si vous le saviez pas !

— Bonjour, Monsieur l'Inspecteur... Auriez-vous estimé possible qu'une créature humaine puisse crier de la sorte ? Va nous chercher de quoi boire, Agathe, nous avons à parler, Monsieur et moi.

La vieille protesta, furieuse :

— Vous allez pas recommencer à...

— Garde tes réflexions pour toi et obéis ! A moins que tu ne tiennes à donner à M. Rulles un échantillon de ton exécrable caractère ?

Elle partit en grognant, revint avec un plateau, deux verres et une chopine. Elle posa le tout sur la table avec une telle brutalité que le policier, croyant à l'éclatement de la bouteille, s'écarta brusquement. Agathe retourna à sa cuisine non sans avoir averti son hôte :

— Il me fera mourir à petit feu !

Quand ils furent seuls, l'inspecteur demanda :

— Alors, Monsieur le Curé, qu'avez-vous à me communiquer de si important ?

— C'est à cause d'Emile Périers... Hier, après notre visite inutile à la ferme, il m'a rejoint pour me confier qu'il connaissait l'assassin, mais qu'il ne me le dirait que ce matin.

— Pourquoi ?

— Scrupules... Remords anticipés... Répulsion à trahir un ami...

— Dans mon métier, ce sont des mots vides de sens...

— Je le regrette.

— Ce que je regrette, moi, c'est qu'à nouveau, vous n'ayez pas pensé à m'alerter aussitôt ! Vous mettez ma patience à rude épreuve, Monsieur le Curé ! Bien entendu, votre Emile n'est pas venu ?

— Non... Mais il y a plus grave... Ce matin, mon clergeon a vu Emile et il portait autour du cou l'écharpe de la morte... Ce qui prouve qu'il est l'assassin ce malheureux enfant, n'est-ce pas ?

— Est-il idiot ?

— Idiot ? Sûrement pas ! Pour quelles raisons, cette question ?

— Réfléchissez, Monsieur le Curé, si votre Emile a tué Marguerite Touques, il faudrait qu'il soit idiot pour porter de façon aussi visible la preuve de son crime !

Radieux, M. Quettehou s'exclama :

— Que vous me faites plaisir ! Ce n'est pas Emile l'idiot, mais moi !

— Il lui reste, cependant, à nous dire quand il s'est approprié de l'écharpe et qui est, d'après lui, le meurtrier. Je vais appeler les gendarmes.

— Non, c'est inutile ; cela ne ferait qu'envenimer les choses... Vous devez essayer de comprendre, Inspecteur, que les Périers vivent dans une hantise obsessionnelle de la loi et de ses rigueurs. Ils ne se posent pas de questions. Ils ont peur qu'on emmène leur fils. Ils ne se demandent pas s'il est coupable ou non : ils ne veulent pas qu'on l'arrête. L'uniforme des gendarmes pourrait déclencher une catastrohphe.

— Alors ?

— On va y aller tous les deux.

— Nous y avons déjà été tous les deux... Sans succès.

— Je suis sûr qu'Emile n'est pas chez lui mais caché quelque part dans les bois... La violence amènerait le drame, essayons de la ruse.

— C'est-à-dire ?

— Où que le garçon se soit caché, il faut qu'il mange.

— D'accord, j'ai compris.

*
* *

Il était vrai que les Périers vivaient dans une angoisse constante. Qu'on put leur enlever le fils les plongeait dans une incompréhension hébétée. Qu'était donc cette loi qui vous prenait vos enfants ? L'Auguste ne travaillait plus, trop occupé à surveiller l'hypotétique arrivée des gendarmes. Il ne se séparait jamais de son fusil. Marthe quant à elle s'en prenait à la morte. Elle lui en voulait d'être à l'origine de leur malheur. Marthe ne raisonnait pas. C'est le père qui avait eu l'idée de cacher l'Emile que la mère ravitaillait. Incapables, l'un et l'autre de voir plus loin que le jour même, ils ne se posaient pas de questions, tout entiers livrés à leur instinct.

De la fenêtre, Auguste avertit sa compagne.

— Attention ! Les voilà !

Marthe poussa un gémissement.

— Les gendarmes ?

— Non, le curé et le policier.

Elle eut un « ah ! » de délivrance, mais son mari la prévint :

— Ils valent pas mieux !

— M. Quettehou, il aime bien notre Emile...

— Il l'aime bien, mais il veut l'envoyer en prison ! Je sais pas ce qui me retient d'y coller une charge de chevrotines dans la gueule à celui-là !

— Tu veux donc être damné ?

— Me casse pas les oreilles, imbécile ! J'y crois plus à leurs histoires !

Elle répondit gravement :

— Alors, je m'en irai avec l'Emile... Je pourrais pas vivre avec un sans Dieu !

En entrant, les visiteurs ne laissèrent pas au mari le temps de répondre. Tout de suite, Auguste, sans lâcher son fusil, se retira au fond de la pièce. Les nouveaux venus firent mine de ne pas remarquer son manège. Le curé s'adressa à Marthe :

— Je pense qu'Emile n'est pas là ?

— Non.

— Il y a longtemps qu'il est sorti ?
— J'sais pas.
— Il t'a dit où il allait ?
— Non.
— Tu ne le lui as pas demandé ?
— Non.

Le prêtre parut réfléchir un moment, puis :

— Tu te rends compte, Marthe, qu'en me mentant, c'est à Dieu que tu mens ? Es-tu donc tellement sotte que tu ne puisses comprendre que les policiers trouveront ton fils quand ils le voudront ?

Dans un coin, l'Auguste fit entendre un ricanement de défi auquel M. Quettehou répliqua avec véhémence :

— Toi, contente-toi de faire le guignol si ça t'amuse, mais ne te mêle pas à la conversation !

Périers regimba :

— Non, mais dites donc, je suis chez moi ! Le Dru, c'est mon domaine ! J'en suis le maître !

— Laisse-moi rire, Auguste ! Quand on se conduit comme toi, personne ne peut vous respecter !

— Je suis pas respectable parce que je défends mon fils ?

— Parce que tu te dresses contre la loi et que tu oses recevoir son représentant avec un fusil !

— Je veux pas...

— Ça ne dépend plus de ton vouloir, Auguste. L'Emile, hier, m'a promis de me rendre visite pour dénoncer l'assassin de Marguerite. Il n'est pas venu. Mon clergeon, Tonin, l'a rencontré ce matin et devine donc ce qu'il portait autour du cou ?... L'écharpe avec laquelle on a étranglé Marguerite ! Et tu estimes injuste que le policier souhaite lui poser des questions ?

Le bonhomme ne répondant pas, le curé revint à Marthe.

— Parce que je comprends ta peine, j'ai obtenu de M. l'Inspecteur qu'il patiente encore un peu... Profites-en, quand tu verras ton fils, pour lui conseiller de se montrer raisonnable, hein ?... Je compte sur toi pour me prévenir quand il sera décidé à se conduire en homme... Vous venez, Monsieur l'Inspecteur ?

Dehors, le policier s'emporta :

— Vous me menez par le bout du nez !

— Par le bout du cœur, plutôt.

— Vous êtes en train de me ridiculiser !

— Vous savez parfaitement que ce n'est pas vrai.

En se chamaillant, les deux hommes avaient atteint un point d'où ils ne pouvaient être aperçus de la ferme des Périers. Le prêtre arrêta son compagnon en lui posant la main sur le bras.

— Suivez-moi, en faisant le moins de bruit possible.

Ils gagnèrent une sorte de replat d'où, cachés dans le taillis, ils voyaient le domaine du Dru. Le policier s'inquiéta :

— Pourquoi...

— Chut ! Souvenez-vous, Monsieur l'Inspecteur : la ruse !

Ils attendaient, immobiles, depuis une quinzaine de minutes lorsque M. Quettehou, d'un coup de coude, réveilla l'attention du policier et lui montra Marthe Périers qui sortait de la ferme, un panier au bras. Derrière elle, le fusil au poing, l'Auguste, du seuil, inspectait les alentours. Apparemment rassuré, il rentra.

Sitôt que Marthe eut passé devant eux, le curé et le policier la suivirent de loin ; en se dissimulant M. Quettehou priait le ciel de ne pas mettre sur sa route un paroissien, qui, en l'abordant ferait tout rater. Au lieudit le « Bachat Frotière », la maman d'Emile s'enfonça sous les arbres, à droite, en direction des Grandes Ravines, une forêt pentue peu exploitée et qui, au début du siècle, servait de refuge au gibier de la région.

Marthe avançait sans se retourner. On la devinait occupée seulement de son fils.

Au bout d'une demi-heure de marche, la femme d'Auguste tourna encore à droite pour emprunter un sentier que les eaux de ruissellement ravinaient. Le curé chuchota :

— Laissons-la filer, je sais où elle va.

— Vous êtes sûr ?

— Sûr... Le Rond-Pont du Mignolet... Une sorte de belvédère composé de quelques rochers pouvant constituer un abri... Quand Marthe sera de retour, nous irons interviewer Emile.

— L'interviewer ? Lui passer les menottes, oui !

C'est alors que dans le silence vivant de la forêt, s'éleva un long hurlement dont les résonnances glacèrent les deux hommes qui se regardèrent, interloqués. Le policier grommela :

— Qu'est-ce que c'est...

— Marthe !

En retroussant sa soutane, le curé courut aussi vite que le lui permettaient son âge, son embonpoint et des poumons légèrement engorgés.

II

En débouchant sur le belvédère du Mignolet, ils la virent, droite, immobile, pareille à un menhir dont elle semblait avoir l'inhumaine rigidité. En face d'elle, le corps de son fils pendu à la branche d'un épicéa. Les deux hommes passèrent à côté d'elle, sans que Marthe esquissât le plus léger mouvement. Son regard ne pouvait se détacher de l'Emile. L'inspecteur grimpa dans l'arbre et réussit à couper la corde tandis que M. Quettehou soutenait le cadavre qu'il tenait dans ses bras. Il n'était pas bien gros l'Emile et le prêtre n'eut aucun mal à le porter jusque sur un tapis de mousse où il l'allongea avant de lui fermer les yeux et de lui joindre les mains. L'inspecteur remarqua :

— Ça fait pas mal de temps... Au moins six heures...

— C'est pour ça qu'il n'est pas venu au rendez-vous fixé.

Le curé regarda autour de lui. Comment admettre qu'un drame venait de se rérouler dans cette oasis de paix, de douceur. Un vent léger agitait à peine les branches des arbres, des geais faisaient entendre leurs ricanements moqueurs que ponctuait le martèlement d'un pic en quête de nourriture. M. Quettehou soupira :

— Vous me traitez durement, Seigneur...

Le policier qui n'était, ni par nature, ni par métier porté à ces attendrissements, déclara à son compagnon, avec une certaine impatience :

— Vous demeurez ici pendant que je vais à la mairie téléphoner aux gendarmes... Je ne serai pas de retour avant deux heures, au moins... Excusez-moi de vous laisser attendre si longtemps.

Le prêtre haussa les épaules.

— Je parle assez souvent de l'Eternité pour avoir appris la patience.

M. Rulles disparu, l'abbé se dirigea vers Marthe qui n'avait toujours pas bougé.

— Viens... Nous allons prier pour ton fils.

Sans répondre, elle s'effaça d'un mouvement du torse. Le curé l'attrapa par la main.

— Viens !

Elle se dégagea brutalement.

— Non ! L'Auguste avait raison ! C'est à cause de vous et de vos amis de la police que mon garçon s'est tué !

— Menteuse !

L'injure inattendue la fit se taire et son interlocuteur en profita :

— Ce n'est pas moi, mais ton mari et toi qui avez assassiné Emile !

Incrédule, elle s'exclama :

— Vous êtes fou !

— Je ne suis pas fou et tu le sais très bien ! Seulement tu as peur de la vérité !

— Quelle vérité ?

— L'Auguste et toi, vous avez fait perdre son bon sens à votre garçon en l'obligeant à vivre dans l'angoisse, dans la terreur des gendarmes. Si vous m'aviez fait confiance, Emile serait encore parmi nous.

— En prison, vous voulez dire ?

— Non, parmi nous... Parce qu'il n'était pas le meurtrier de Marguerite Touques.

— Pourtant, il a encore son écharpe autour du cou.

— Elle lui tenait chaud... Il avait mis sa tendresse pour la petite morte dans les plis de cette écharpe.

Farouche, la mère cira :

— Cette Marguerite, j'espère qu'elle rôtit en enfer !

— Tais-toi, malheureuse ! Souhaiterais-tu que ton fils soit damné !

— Pas lui, elle !

— Pauvre folle ! Ne comprends-tu pas que maintenant il l'a rejointe et que plus rien désormais ne pourra les séparer ?

Elle hésitait, ballottée entre son chagrin et la consolation qu'on lui offrait, entre sa rancune et son espérance. Enfin, elle craqua et chuchota :

— Vous croyez qu'il est heureux, à présent, mon Emile ?

— J'en suis sûr !

Elle usait ses derniers arguments pour refuser la paix que M. Quettehou lui proposait.

— Dites... Vous ne pourrez pas l'enterrer à l'église, puisqu'il s'est...

— Cesse de te tourmenter. Emile sera enterré comme doit l'être le bon chrétien qu'il était. Je t'en donne ma parole. Allons près de lui...

Il la prit paternellement par le bras. Elle se laissa faire. Ils s'agenouillèrent côte à côte et Marthe, sa colère oubliée, ne fut plus qu'une maman qui pleurait sur la dépouille de son enfant.

Tandis qu'il récitait la prière des morts, le prêtre ne pouvait s'empêcher de penser que quelques jours plus tôt, il était aussi agenouillé au milieu des arbres auprès du corps de Marguerite et qu'Emile se tenait à ses côtés, Emile qui, en cet instant... C'est alors qu'il veillait Marguerite morte que le garçon avait dû s'emparer de l'écharpe ou, plutôt quand il l'avait découverte. Les souvenirs du prêtre se brouillaient. Il ne parvenait plus à se rappeler si Marguerite était morte ou vivante quand il avait remarqué ce morceau de soie bleue et rose autour du cou... En bien peu de temps, deux enfants de la commune, et des tout jeunes, avaient disparu de manière tragique. Pourquoi ? M. Quettehou, après tant d'années de sacerdoce, n'ignorait pas que les desseins de l'Eternel ne peuvent être compris de sa créature, mais il s'irritait de ne pas réussir à fournir une réponse décente à ce « pourquoi ? » qui le torturait. Sans qu'il y ait pris garde, les larmes coulaient sur ses grosses joues violacées. Du coin de l'œil, il devina plus qu'il ne vit Marthe se rapprocher de lui.

— Vous avez du chagrin, Monsieur le Curé ?

— Un gros chagrin, ma fille.

— A cause de l'Emile ?

— Et de la Marguerite, aussi.

Elle l'embrassa et le prêtre lui rendit son baiser. Ils s'étaient réconciliés dans une même tendresse pour les deux enfants morts trop tôt.

*
* *

Quand les gendarmes, précédés de l'inspecteur, apparurent, l'endroit perdit son côté envoûtant. Ces hommes en uniforme symbolisaient l'irruption de la réalité dans un univers étrange situé aux confins du songe. Le policier s'excusa d'avoir longuement tardé mais n'étant pas habitué aux marches en forêt, il s'épuisait vite.

— Vous avez réussi à ne pas mettre tout le monde au courant, Monsieur l'Inspecteur ?

— Juste le maire, puisque j'ai téléphoné de chez lui... Il m'a paru encaisser fort mal la triste nouvelle. J'ai éprouvé beaucoup de difficultés à l'empêcher de me suivre. Mais je ne vois pas comment nous pourrions passer inaperçus au retour.

— Bah ! Cela n'aura plus d'importance... Vous aurez accompli votre tâche et moi, j'aurai fait mon devoir, sans être importunés par les curieux.

M. Quettehou prit la tête de Marthe et l'appuya contre sa poitrine pour qu'elle ne vît pas les gendarmes ramasser le cadavre et le déposer sur la civière qu'ils avaient apportée. Cependant, quand ils l'emportèrent, la mère cria :

— Où l'emmenez-vous ?

L'inspecteur donna les explications réclamées :

— A Saint-Etienne, Madame.

Parce qu'à nouveau, elle était aux prises avec des histoires qu'elle ne comprenait pas, elle s'indigna.

— Pourquoi qu'il retourne pas chez nous ?

— C'est la loi, Madame. Toute personne qui ne meurt pas de façon naturelle doit être examinée par des médecins spécialistes.

Marthe regarda le curé, quêtant son opinion.

— La loi exige qu'on agisse ainsi, ma fille. Mais, rassure-toi, on te le ramènera et je célèbrerai la messe pour le repos de son âme. Je te raccompagne au Dru, à présent.

Docile, elle se laissa emmener. Le policier demanda :

— Voulez-vous que je vous accompagne ?

— Il vaut mieux pas...

— Je ne suis pas tranquille avec l'autre furieux et son fusil.

— Mais non, mais non, je saurai bien le calmer.

— Je voudrais en être sûr... Toute réflexion faite, je vous suivrai de loin.

Le malheur n'abat pas physiquement les femmes de la

montagne. En dépit de son chagrin, Marthe ne traîna pas sur les chemins forestiers. En compagnie du prêtre, le couple passa très à l'écart de Baroquier-la-Benoîte. M. Rulles ne les perdait pas de vue, mais il s'arrêta lorsque l'homme et le femme eurent dépassé l'endroit où, quelques heures plus tôt, avec le curé, il avait guetté l'arrivée de Marthe pour la filer. Son cœur se mit à battre un peu plus vite quand, derrière la maîtresse du Dru, M. Quettehou pénétra dans la ferme. Crispé, pendant une dizaine de secondes, le policier guetta l'écho d'un coup de feu. Puis, il se détendit. Au bout d'un quart d'heure, le curé reparut et commença à monter lentement vers lui.

— Alors ? Ça n'a pas été trop dur ?

— Si...

Le prêtre montra le domaine du Dru.

— Il y a quelques jours, tout cela était vivant... A présent, Emile est mort, Auguste ne résistera pas longtemps... Marthe tiendra le coup parce que les femmes sont plus dures, plus fortes... Mais le domaine, lui, va mourir...

— Pourquoi ?

— Pourquoi vivrait-il puisque derrière Marthe, il n'y a plus personne ?

Ensemble, ils revinrent au village.

Ils étaient nombreux autour de la camionnette de la gendarmerie. Pendant que l'inspecteur faisait connaître ses directives aux gendarmes, M. Quettehou s'adressa à ses ouailles.

— Vous êtes au courant du nouveau malheur qui frappe notre paroisse... Alors que ceux qui ont du travail retournent à leur tâche... Les autres, qu'ils se réunissent et récitent un chapelet pour notre Emile et pour ses parents... Allez, mes enfants...

Une voix lanca :

— Un qui se périt a pas droit aux prières !

Comme cinglé par la mèche d'un fouet, le curé bondit :

— Qui a osé dire ça ? Quel est celui ou celle qui se permet de me donner des leçons ? Emile Périers sera enterré en terre d'église après que j'aurai célébré la messe ! Et ceux à qui cela ne plairait pas, n'auront qu'à ne pas venir ! Dieu n'a que faire des mauvais chrétiens qui ignorent l'esprit de charité !

Ils se dispersèrent, honteux.

*
* *

M. Quettehou grogna, en les regardant s'éloigner :

— Ils sont mauvais... Et je les croyais bons... La mort de Marguerite Touques a déchiré le voile qui dissimulait à mes yeux le vrai visage de Baroquier-la-Benoîte. Je pense que je ne m'en remettrai pas.

— Voyons, Monsieur le Curé, est-ce à moi qui les vois sous leurs plus vilains aspects, de vous dire qu'il faut prendre les hommes et les femmes tels qu'ils sont ?

— C'est que justement, la tâche essentielle des prêtres est de tout faire pour... les changer ou, du moins, essayer... J'ai essayé et je n'ai pas réussi.

— Qu'en savez-vous ?

— Pardon ?

— Vous vous attardez sur les plus moches et les prenez en exemples... Mais s'il y en a un seul qui s'est sauvé de lui-même grâce à vous... Vous aurez fait votre boulot... Enfin, c'est mon idée...

Le prêtre s'arrêta, prit le policier aux épaules :

— Merci... Venez juqu'à la cure... Il nous faut boire quelque chose pour tenter de nous remettre.

— Volontiers et vous en profiterez pour m'expliquer comment il se fait que, contrairement à toutes les lois ecclésiastiques, vous prétendez enterrer chrétiennement un suicidé ? Ne craignez-vous pas qu'un de vos paroissiens, plus orthodoxe que vous en la matière, ne se plaigne auprès de l'évêque ?

M. Quettehou ne répondit pas immédiatement et lorsqu'il s'y décida, ce fut d'une voix peinée qu'il dit :

— Monsieur l'Inspecteur, vous me chagrinez...

— Vraiment ?

— Votre remarque hélas ! n'appelle que deux commentaires : ou vous ne connaissez pas votre métier, ce dont je doute, ou vous me prenez pour un sot et je ne vous cache pas que cette seconde hypothèse m'apparaît la plus plausible, ce qui ne signifie pas qu'elle me réjouisse.

— Je ne vous comprends pas ?

— Bien sûr !... Maintenant, je suis convaincu : vous me tenez pour un demeuré ! Alors, vous vous figurez que je ne sais pas aussi bien que vous qu'Emile a été assassiné ?

— Dans ce cas, pour quelles raisons ne l'avez-vous pas dit aux autres ?

— Je craignais de vous irriter et j'ai commis assez de gaffes jusqu'ici... En prenant le petit dans mes bras, j'ai vu le filet de sang coulant de son crâne brisé... On l'a assommé avant de le pendre. Il savait donc bien le nom du meurtrier.

— Sans doute, et si vous l'aviez obligé sur le champ... enfin, ce qui est fait est fait... Pour l'instant, gardons la version du suicide... Vous révélerez la vérité aux obsèques.

— Je l'ai déjà dit aux parents.

— Quelle réaction ?

— Un certain soulagement... Leur fils ne les avait pas quittés de son plein gré et il n'était pas mort en état de péché mortel.

Le policier haussa les épaules.

— Si cela peut les consoler...

— Il y a pas d'autres consolations que Dieu quand le malheur vous frappe, Monsieur l'Inspecteur.

— Bon, admettons et maintenant ?

— Plus que deux coupables possibles, non ?

— Vous avez raison. Je vais aller bavarder un peu avec cet instituteur et il n'est pas certain que je ne l'emmène pas à Saint-Etienne, menottes aux poignets.

— Ce serait la fin du cauchemar !

— A condition, tout de même qu'il soit coupable. Vous m'accompagnez ?

— Non, je suis trop las, trop écœuré... Excusez-moi...

— Alors, à demain.

*
* *

Avant qu'Agathe n'ait ouvert la bouche, M. Quettehou remarqua :

— Inutile de me jouer la comédie, je t'ai vue quand j'ai parlé aux autres près de la camionnette... Par hasard, tu ne saurais pas qui est celui se scandalisant que je veuille enterrer Emile à l'église ?

— Si... C'est le Pétrus Mijetta.

— De quoi se mêle-t-il, cet impie ?

— Vous savez qu'il aime qu'on fasse attention à lui.

— Alors, fais-moi confiance, il sera servi ! Qu'est-ce que tu as, Agathe ? Tu n'as pas ta tête de tous les jours ?

— J'ai rien de particulier.

— Voilà que tu me mens, à présent ? Toi !

— Je vas vous dire... C'est à cause de l'Emile... Je trouve que le Mijetta, il avait pas tellement tort, au fond...

Pour tenter de triompher tout de suite de la colère qu'elle devinait prête à éclater chez le prêtre, la servante ne lui laissa pas le temps de répondre. Elle essaya de le prendre de vitesse.

— C'est vrai, ça ! Pendant l'année entière, vous arrêtez pas de nous parler de ce qu'on doit faire et de ce qu'on doit pas faire, que se suicider c'est s'ouvrir directement, sans intermédiaire, les portes de l'enfer ! Et pour un coup qu'on a un mauvais chrétien qui se périt, vous l'enterrez pareil que si c'était un de vos meilleurs paroissiens ! Qui ira vous croire, à présent ?

— Calme-toi, pauvre sotte ! Je vais te confier un secret, pour apaiser tes scrupules, mais si tu en touches un mot à qui que ce soit, tu fais tes paquets pour t'être rendue complice de l'assassin !

— De...

— Emile ne s'est pas suicidé, on l'a tué comme on a tué Marguerite !

— Oh ! Non...

— Eh ! Si... Ma bonne... Ne pleure pas sur lui, il a dû rejoindre celle qu'il aimait et je suis sûr que de là-haut où l'on comprend mieux les choses, elle sait combien Emile l'aimait et qu'elle s'est mise à l'aimer à son tour...

Agathe se signa :

— Ainsi soit-il...

M. Quettehou donna à sa vieille amie les raisons de son mensonge. Il fallait engourdir le meurtrier dans une sécurité trompeuse qui l'amènerait, peut-être, à commettre l'imprudence qui le découvrirait. Puis, il annonça son intention d'aller se coucher.

— Sans manger !

L'exclamation d'Agathe prouvait son désarroi devant une initiative contraire aux habitudes de la maison.

— Je n'ai ni faim ni soif.

Incrédule, elle tint à se faire préciser.

— Vous n'avez pas soif ?

— Non.

— Alors, c'est que vous couvez une grosse maladie ! Je téléphone au docteur.

— Là où j'ai mal, personne ne peut rien pour me soulager.

Le cœur gros, elle dit :

— Moi qui vous avais mijoté un jarret de veau avec des carottes nouvelles.

Tout en parlant, elle le regardait par en dessous à travers ses paupières mi-closes. Elle le devina ébranlé et poursuivit, geignarde.

— J'y avais mis des petits lardons...

Elle le sentit qui craquait et joua sa dernière carte.

— Et pour une fois que la Maria m'avait apporté un vrai fromage de chèvre...

— Bon, eh bien ! Je vais quand même manger un morceau, mais uniquement pour te faire plaisir.

Agathe repartit vers sa cuisine, toute ronronnante de bonheur en pensant qu'il n'y a pas plus menteurs que les hommes même quand ils portent des soutanes.

*
* *

Après avoir dévoré le jarret de veau, M. Quettehou finissait le fromage de chèvre qu'il accompagnait de grands traits de vin rouge. Dans l'euphorie du moment, au seuil d'une digestion qui s'annonçait impeccable, goûtant le silence de l'heure, M. le curé de Baroquier-la-Benoîte se benaisait, mais il avala sa dernière bouchée de travers en entendant le vacarme déclenché d'un coup à sa porte. Agathe se leva et cria : quel sauvage ! Puis se hâta d'aller ouvrir et M. Héné, l'instituteur, écartant grossièrement la servante, fonça dans la pièce commune où, voyant le prêtre, il s'écria :

— Ah ! Vous voilà ! Vous !

Quand M. Quettehou avait bien mangé et bien bu, il en fallait beaucoup pour l'obliger à sortir de sa placidité naturelle.

— Cela vous surprend que je sois chez moi ?

Hélas ! M. Héné paraissait très fâché et hors d'état d'apprécier l'humour le plus timide.

— Je suis venu vous annoncer que j'en avais assez de vos manigances ! A cause de vous, le pays me tient pour le meurtrier de Marguerite Touques !

— Et ce n'est pas vous ?

Cette question, posée innocemment, amena l'instituteur au bord de l'apoplexie. Il hurla :

— Non ! Et vous, espèce de salaud, pour assouvir des rancunes d'un autre âge, vous me désignez à l'attention de la police ! L'inspecteur sort de chez moi ! A cause de vos campagnes insidieuses, le gosse des Trébuchet m'a dit, ce soir : « M'sieur, mes parents, ils veulent plus que je vienne, tant qu'on saura pas si c'est vous l'assassin ! » Vous vous rendez compte ? Cela risque d'arriver très vite aux oreilles de l'Inspecteur primaire dont je dépends et je risque d'être expédié Dieu sait où ! C'est cela que vous voulez, hein ?

L'abbé prit le temps de bourrer sa pipe et de l'allumer avant de répondre :

— Je vous trouve bizarre, Monsieur ! Vous vous conduisez publiquement de façon fort étrange avec une jeune fille que chacun sait ambitieuse et amoureuse de vous. On l'a trouvée assassinée pas loin de chez vous alors qu'elle allait vous voir et...

— C'est faux !

— Qu'est-ce qui est faux ?

— Tout !

— Facile à dire...

— Je ne sais ce qui me retient de vous frapper !

— Peut-être la prudence ?

— Mais N... de D... ! Oh ! Pardon...

— Je vous en prie, faites comme chez vous.

— Comme chez moi, hein ? Voilà le grand mot lâché ! Parce que j'enseigne sans me référer aux Evangiles, je pervertis les enfants et je suis capable du pire ?

— Il y a un peu de cela, j'en conviens.

— Eh bien ! Enfoncez dans votre tête de curé que je

n'étais pas l'amant de Marguerite, que je ne l'aimais pas et qu'elle ne m'aimait pas !

— Vous ne seriez donc pas le père de l'enfant qu'elle portait !

— Non, mille fois non ! Le père est un homme marié, du pays, mais elle n'a jamais voulu me révéler son nom.

— Dans ce cas, pourquoi se rendait-elle presque tous les jours chez vous ?

— Pour me demander de l'épauler... de lui apprendre ce qu'elle pouvait attendre de la législation actuelle sur les mères-célibataires, car l'autre se défilait, évidemment, et elle n'entendait pas qu'il s'en sortît aussi facilement. Je l'aidais à rédiger ses lettres.

Après un court silence, M. Quettehou déclara :

— Monsieur, j'ai été sur le moment de vous croire, mais vous avez eu le tort d'en remettre. Marguerite était une fille assez instruite pour n'avoir besoin de personne pour écrire une lettre !

M. Héné partit d'un éclat de rire.

— La pauvre gosse avait oublié le peu qu'elle avait appris à l'école ! Elle était demeurée au niveau d'un enfant de quatorze ans ! Seulement, elle vous en mettait plein la vue !

— Je ne peux vous croire !

— Je le sais. Vous étiez tellement obnubilés, les uns et les autres, par son physique que vous avez fait de cette gamine plus sotte que méchante une sorte d'être exceptionnel devenu un martyr ! Et l'Eglise n'aime pas à lâcher ses martyrs !

— Elle se rendait à Saint-Etienne deux fois par semaine pour prendre des cours !

— Elle n'a jamais mis le pied chez un professeur quelconque ! Ses sorties, elle les employait à aller au cinéma ou à courir les magasins ! Pour quelles raisons n'a-t-elle pas préparé son brevet ?

— Elle l'a préparé chez elle !

— Elle ne s'y est pas présentée, que je sache ?

— Elle a été malade !

— Curieux ! Elle devenait souffrante à l'approche des examens, hein ? Pour quelles raisons ne pas admettre que Marguerite Touques, depuis cinq ans, mentait à tout le monde ?

— Je refuse cette version des faits !

— Je m'en fous ! Ce que je réclame, c'est la paix ! Vous entendez ? La paix ! Trouvez le salaud qui a engrossé la petite, si ça vous amuse, mais ne me mêlez pas à vos sales histoires ! Parce que je vous avertis, tout curé que vous êtes, si j'ai des ennuis à cause de vos racontars imbéciles, je vous casse la gueule !

Ils s'étaient levés et, face à face, se regardant dans les yeux, on les sentait prêts à en venir aux mains lorsque M. Héné, sans qu'il ait deviné son approche, vit se dresser près de lui une petite vieille qui disait :

— Touchez-le seulement et je vous fends la tête, espèce de sans Dieu !

C'était Agathe, armée de son couperet.

*
* *

Pour l'aider à retrouver son équilibre, la servante, rompant avec ses habitudes, avait elle-même proposé à M. Quettehou de boire une goutte. Il lui avait obéi avec empressement. Anxieuse, elle le regardait savourer l'acool et redevenir, peu à peu, lui-même. L'œil noyé de tristesse, le curé demanda :

— Encore un qui veut m'éliminer... Aurais-tu cru, ma pauvre Agathe, que tant de gens souhaitaient ma mort ?

— Des impies !

— Tu vois, ma vieille, comme on peut se tromper même à mon âge et avec l'expérience que je croyais posséder ?

— Faut pas s'occuper des mauvais.

Mais M. Quettehou poursuivait son monologue sans rien entendre d'autre que sa peine.

— On se figure être le pasteur d'un troupeau docile, attentif à vos conseils, composé d'âmes pures, innocentes sur lesquelles on imagine régner... Et voilà qu'une enfant meurt de très vilaine façon... Aussitôt, les cœurs se montrent dans leur vérité, celle que nous ignorions et c'est un triste spectacle... décourageant aussi. Allez, va te coucher... Moi aussi, je gagne ma chambre... Bonsoir... Tu sais, mon Agathe, si les choses devaient continuer de la sorte, je finirais par admettre qu'il n'y a que toi et moi de propres à Baroquier-la-Benoîte... la Benoîte...

— Quelle dérision !

Elle ne comprenait pas le sens exact de tous les mots qu'il employait, mais elle sentait son chagrin. C'est pourquoi elle l'embrassa avant de le quitter.

*
* *

Le curé en était au moment d'enlever ses caleçons lorsqu'Agathe fit irruption dans la chambre, en criant :

— J'ai pensé à...

Sévère, son maître lui coupa la parole :

— Quand te décideras-tu à frapper avant d'entrer ?

— J'avais pas le temps ! Et puis, si vous pensez que je peux voir des choses que j'ai jamais vues...

— Tu es indécente ! Tais-toi !

— Vous avez une drôle de manière de me remercier !

— De quoi devrais-je te remercier ?

— De vous aider à savoir qui c'est qu'a tué la Touques et l'Emile... Vous vous rappelez la Colette Vésines ?

— La fille du cordonnier ?

— Oui, eh bien ! C'était la meilleure amie de Marguerite qui allait la voir une fois par mois à Lyon.

— Et alors ?

— Entre filles, on se confie des secrets... Et la Colette elle connaît peut-être le nom du grand malhonnête qu'a fait l'enfant à Marguerite ?

— Tu as son adresse ?

— C'est rue de Belfort, à la Croix-Rousse, dans le commencement de la rue... Vous aurez qu'à demander à un commerçant où c'est qu'ils logent les Vésines.

— Parce que tu estimes que je dois me rendre à...

— Dame ! C'est sans doute le seul moyen à présent de découvrir l'assassin !

III

Le lendemain matin, M. Quettehou enleva sa messe à la façon de Murat enlevant une batterie ennemie. Tout de suite après l'« Ite missa est », le curé enchaîna :

— Aujourd'hui, contrairement à notre habitude, nous ne réciterons pas les litanies. Je dois, en effet, attraper le car de Saint-Etienne de 8 H 20... Toutefois, avant de nous séparer, je tiens à vous apprendre une nouvelle qui réjouira les chrétiens que vous êtes et ne manquera pas d'attrister vos âmes sensibles... (le prêtre s'en voulait de mentir, mais il ne pouvait agir autrement)... Emile Périers ne s'est pas suicidé... (l'assistance se crispa)... Il a été assassiné... comme Marguerite Touques (le souffle que relâchaient les poitrines fit un bruit étrange). On l'a tué et on l'a pendu... Si je ne vous ai pas révélé la vérité immédiatement c'est que le policier souhaitait tromper le meurtrier, lui laisser croire qu'il nous avait roulés... Je pense que d'ici quarante-huit heures, nous serons délivrés de ce monstre et que nous n'aurons plus qu'à appeler la miséricorde de Dieu sur sa tête, cette tête qui sera livrée au bourreau.

Derrière l'abri offert aux voyageurs guettant la venue du car, M. Quettehou se heurta à Maria Evres.

— Tiens, tu descends à St-Etienne, toi aussi ?

— Oui.

Il nota le manque d'enthousiasme de la réponse à peine polie.

— Il y a longtemps que tu es là ?

— Je suis arrivée quand vous (1)... Vous avez pas prêté attention, c'est tout.

L'autocar s'arrêtait devant eux. Ils montèrent et le curé prit place à côté de Maria qu'il devinait malheureuse. Il attendit que le lourd véhicule se soit remis en route pour se pencher vers sa compagne et lui chuchoter à l'oreille :

— Ça ne va pas, Maria ?

Elle hésita puis, dans un murmure :

— Paul...

— Qu'est-ce qu'il t'a encore fait, le brigand ?

— Il m'aime plus...

— Allons, allons... Ne dis pas de sottises !

Elle secoua la tête et ses larmes vinrent mouiller la main du prêtre.

— C'est la vérité...

A travers sa peine, cette femme forte redevenait une enfant.

— Reprends-toi, Maria... Je suis sûr que tu exagères...

— Il veut plus de moi...

— Ne dis pas de sottises !

— Vous savez bien qu'il m'a jamais aimée... J'suis pas assez intelligente pour lui... Il me méprise...

— Tu devrais avoir honte de parler ainsi !

— Il m'a prise que pour mes sous... Il pensait que je tiendrais le commerce, la maison, tout quoi et que

(1) Vieille forme populaire.

lui, il pourrait rester dans ses livres et ses rêvasseries...

— On te connaît comme une vaillante, Maria.

— Et aussi comme une cocue !

— Je déteste t'entendre t'exprimer de la sorte !

— La vérité vous gêne ? Moi, il faut bien que je la regarde en face !

Le prêtre se creusait l'esprit pour trouver les mots qui apaiseraient la malheureuse sanglotant à son côté. Il n'y parvenait pas.

— Tu dois montrer de la patience.

— J'en ai plus...

— Pense au Christ, à ce qu'il a enduré pour nous et la patience dont il a fait preuve devant les injures, les moqueries et sous les coups ! Souviens-toi, Maria...

— Hier soir, Paul m'a annoncé qu'il voulait divorcer.

— En voilà une autre !

— J'y ai répondu que j'étais d'accord parce que je peux plus continuer à vivre de cette façon.

— Et le Bon Dieu, tu t'en fous ? Les commandements, tu t'en balances ? Et ton curé, tu n'y penses même pas !

— Mais qu'est-ce que vous voulez que...

— Prier un peu plus souvent et m'obéir ! Quant à ton Paul, j'irai lui chanter la messe pour lui seul ! S'il se figure qu'il va délier ce que Dieu a noué, il se fourre le doigt dans l'œil !

*
* *

Cette nouvelle bataille qu'il venait de livrer en faveur de son maître, avait échauffé le sang de M. Quettehou. Avant le départ du train, il se rendit au buffet de la gare où, au comptoir, parmi les employés de la SNCF, il vida, coup sur coup, deux canons. Un loustic crut bon de remarquer à mi-voix :

— Il a une belle descente, le cureton !

L'abbé se retourna vers le bonhomme et, souriant :

— Tu sais ce qu'il te dit, le cureton, mon fils ?

Parmi les rires de ses camarades, le rigolo, gêné, grogna :

— C'est pour l'exemple...

— N'oublie jamais, mon fils, que le scandale n'est pas dans ce qu'on voit, mais dans l'œil qui regarde. Maintenant, tu m'offrirais un canon pour te faire pardonner tes mauvaises intentions, je l'accepterais !

Sa soif étanchée, le curé de Baroquier-la-Benoîte quitta le buffet de la gare après avoir serré six mains prolétariennes et syndiquées.

*
* *

M. Quettehou, à Lyon, s'offrit un petit tour dans la Croix-Rousse dont il aimait le côté villageois. Si sa vocation particulière n'avait fait de lui un abbé des champs, il ne lui eût pas déplu d'exercer son ministère dans une paroisse du vieux quartier.

Dans la rue de Belfort, le prêtre entra dans une épicerie pour demander l'adresse des Vésines. La commerçante, une alerte quadragénaire ronde comme une boule, la figure pleine de sourires, s'exclama :

— Ah ! Monsieur le curé, vous avez de la chance ! La Céleste Vésines, est ma cliente ! Venez voir...

Elle le ramena sur le seuil du magasin et, lui montrant une maison du doigt, elle expliqua :

— C'est celle-là, là-bas... Ils habitent juste au-dessus de l'herboristerie... Vous Vous pouvez pas vous tromper... Dites bonjour à Céleste de ma part, Mme Machavaine.

L'abbé ne se trompa pas, en effet, et quand Céleste Vésines, répondant à son coup de sonnette, le découvrit sur le palier, elle joignit les mains à la façon du croyant en présence d'un miracle et s'exclama :

— Monsieur le Curé ! Mais c'est pas vrai ! Depuis le temps qu'Alphonse, la petite et moi, on se promettait de retourner à Baroquier-la-Benoîte ! Entrez donc...

M. Quettehou fut introduit dans une de ces salles à manger reproduites à un million d'exemplaires, tandis que son hôtesse s'enquérait :

— Je vous sers un apéritif, Monsieur le Curé ?

— Si ça ne vous dérange pas, Madame Vésines, je boirai tout bonnement un verre de vin.

Dans sa cuisine, où elle était venue prendre la bouteille de rouge, Céleste souriait, heureuse : le cher M. Quettehou n'avait pas changé.

Ils parlèrent du pays, des amis plus ou moins perdus de vue et Mme Vésines avertit son visiteur :

— Vous ne verrez pas Alphonse. Il rentre jamais déjeuner. Il travaille trop loin. Il regrettera bien quand il saura.

— Et Colette ?

— Elle va arriver d'une minute à l'autre.

— C'est elle surtout que je suis venu voir... A cause de Marguerite Touques.

— La pauvre petite !... Colette voulait se rendre à son enterrement, mais n'est-ce pas, comme elle n'était pas parente de la défunte, on lui a pas permis de s'absenter.

*
* *

Les dames Vésines avaient offert au prêtre de partager leur modeste repas au cours duquel Colette dit tout ce qu'elle savait de la vie privée de son amie. Ainsi, le curé apprit que les deux jeunes filles n'avaient presque pas de secret l'une pour l'autre. La petite Vésines peignit la disparue comme quelqu'un prenant facilement ses désirs pour des réalités. Marguerite n'aimait pas les garçons de son âge parce qu'elle voulait de l'argent.

Colette savait que sa camarade était devenue la maîtresse d'un homme marié. Elle se flattait de le mener par le bout du nez et se vantait de le faire divorcer quand il lui plairait. Lorsqu'elle avait été enceinte, elle avait simplement dit à son amie : « Maintenant, je le tiens ! ou il m'épousera ou ça lui coûtera cher ! » Pour conclure, l'héritière des Vésines remarqua :

— En fin de compte, c'est à elle que cela a coûté cher. Elle a trop présumé de ses forces en voulant jouer un jeu qu'elle n'était pas de taille à jouer...

— Elle s'est perdue parce qu'elle a préféré écouter la voix du démon que celle de Dieu... Et tu n'as pas deviné quel était son suborneur ?

— Non... Je le regrette !

— Aucune importance, car je vois de qui il s'agit.

Presque malgré elle, Mme Vésines demanda :

— Qui c'est ?

M. Quettehou leva la main dans un geste de défense.

— La charité chrétienne, ma fille.... Colette, encore une chose : à ton avis, Marguerite était-elle vraiment instruite ?

— Hélas, non !... Elle n'avait jamais ouvert un livre depuis son certificat et elle se rappelait quasiment plus rien de ce qu'elle avait appris autrefois. C'est pour ça qu'elle prenait des leçons avec l'instituteur qu'elle payait avec des produits de la ferme.

— Ses parents étaient-ils au courant ?

— Je ne crois pas... Ils s'imaginaient qu'elle fréquentait...

— Et ce n'était pas le cas ?

— Oh ! Non... Marguerite ne pouvait pas souffrir cet instituteur qui passait son temps à se moquer de ses prétentions et de son ignorance.

*
* *

Dans le train le ramenant à Saint-Etienne, M. Quettehou ne parvenait pas à lire son bréviaire. Comment avait-il pu laisser Marguerite se détruire à ce point sans rien deviner, rien comprendre ? Et ses imbéciles de parents ! En songeant à eux, le curé sentait des envies de cogner lui nouer les muscles. Cependant, sa peine ne venait pas tellement des renseignements obtenus sur le compte de la morte que de sa certitude de la culpabilité de Paul Evre. Emile mort, M. Héné hors du coup, il ne restait plus que l'épicier. Tassé sur la banquette du wagon de seconde classe, le prêtre revoyait le visage désespéré de Maria... Il voulait divorcer, le misérable ! Il avait assez de sa femme, prétendait-il ! Allons donc ! Il souhaitait se débarrasser de son épouse avant de ficher le camp, oui ! La canaille ! Mais s'il espérait s'en tirer de la sorte, il se trompait !

Puis, brusquement, à cette violence intérieure succédaient sans transition, des moments dépressifs... Paul avait toujours été parmi les paroissiens, un de ceux qu'il aimait le plus. Il n'ignorait pas que Evre ne ressemblait pas aux autres. Plus fin, plus sensible, plus apte à comprendre et il avait fallu qu'il aille s'éprendre sottement d'une petite garce ! Il n'aurait pas eu de chance avec les femmes, ce garçon, mais tout était de sa faute. C'est vrai, sans doute, qu'il avait épousé Maria pour ses sous. Il aurait pu tomber plus mal. Que deviendrait-elle, Maria, lorsque son mari aurait été emmenée par les gendarmes ? M. Quettehou se promit de la protéger contre le village entier s'il fallait. Encore heureux que ce couple promis à des jours sombres n'ait pas d'enfants. C'était la seule consolation qu'on réussissait à tirer de cette lamentable histoire.

*
* *

Etant très en avance, M. Quettehou déambulait lentement sur le boulevard au bout duquel stationnait le car qui le remonterait à Baroquier-la-Benoîte. Perdu dans ses pensées moroses, il allait sans prendre garde aux choses et aux gens. Soudain, un homme se dressa devant lui, les bras ouverts :

— Jules !

Le prêtre mit un certain temps à reconnaître dans ce civil grisonnant son ancien camarade de séminaire, Baptiste Fépin.

— Baptiste !

Ils se serrèrent chaleureusement la main, puis M. Quettehou s'écartant un peu s'exclama :

— Alors, toi aussi, tu as honte de notre vêtement ? A moins que tu ne te sois défroqué pour épouser une de tes paroissiennes ?

— Ne dis donc pas de bêtises et reconnais que le vêtement que je porte est plus commode que le tien ?

— Sans doute, Baptiste, mais c'est lorsqu'on commence à préférer le commode au sévère que la défaite se dessine. Les soldats qui n'osent plus porter leur uniforme, ne peuvent croire à la possibilité de la victoire et ne sommes-nous plus les soldats de Dieu ?

Gêné, M. Lépin qui n'entendait pas poursuivre une telle discussion dans la rue, entraîna son ami vers un café.

— Ça ne te gêne pas de boire un verre en public ?

— Tu vas pouvoir t'en rendre compte.

Lorsqu'ils furent installés, M. Fépin dit à la serveuse :

— Pour moi, ce sera un Dubonnet... et toi ?

— Une chopine de rouge.

M. Fépin accusa le coup.

— Cela te choque, Baptiste ?

— Ma foi... pour ceux qui nous regardent... je me demande.

— Ne te demande rien. Vous passez votre temps,

vous, les prêtres nouvelle manière à protester que vous êtes des hommes comme les autres. Eh bien ! Dans ce pays, Baptiste, les autres ne font pas que coucher avec leurs femmes et brailler des slogans politiques, ils boivent aussi du vin rouge.

Le prêtre citadin regrettait déjà une rencontre à laquelle il n'osait pas mettre un terme trop rapide. Il changea de sujet.

— Tu remontes dans ton bled ?

— Tout juste.

— Tu ne t'ennuies pas ?

— Jamais. Et toi ?

— Je n'ai pas le temps. Notre apostolat, dans la ville, n'a plus le visage que tu as connu. Nous ne demeurons plus à l'écart de quoi que ce soit.

— Vous ne risquez pas de vous salir ?

— Cela dépend de nous seuls... Tous les problèmes nous intéressent, depuis la sexualité jusqu'à la politique ! Nous voulons une église nouvelle, dépouillée...

— Luthérienne ?

— Pourquoi pas ? Terminé l'art commercial, nous refusons les imageries saint-sulpiciennes... Il faut que le croyant réalise l'idée qui est matérialisée dans le fer ou le bois ! Fini le stuc qui avilit !

— Mais qui aide à mourir...

— Qu'entends-tu par là, Jules ?

— J'ai peur que tu ne puisses plus comprendre... Voilà, un premier résultat que vous avez obtenu : briser l'unité du clergé avec vos évêques qui en arrivent à se soucier davantage de ce que les communistes pensent d'eux que de savoir s'ils accomplissent la tâche pour laquelle ils ont été mitrés.

— Tu as toujours aimé le paradoxe !

— Non. Tu n'imagines plus qu'on puisse vivre simplement comme le faisaient nos devanciers. Tu sais très bien que la politique salit presque tous ceux qui y touchent et que connais-tu à la sexualité à part les pauvres confidences du confessionnal ?

— Bon... N'en parlons plus... Nous n'avons pas la même optique.

— Un mot encore, Baptiste. Tu méprises nos statues enfantines et tu as raison sur le plan de l'art... Moi, je ne pars pas de ton point de vue. Mes vieux et vieilles sont aussi fermés aux subtilités de la théologie qu'aux règles absconces de l'art d'aujourd'hui. Quand ils sont dans mon église, qu'ils suivent péniblement l'office en latin, cette langue qu'ils ne comprennent pas ajoute au mystère divin, ils ont besoin d'accrocher leurs rêves à des balises et celles-ci sont ces naïves statues que tu méprises, Baptiste. Pour moi, si mon saint Roch, mon saint François Régis, ma sainte Vierge, mon saint Joseph, mon Bon Dieu, aident mes paroissiens qu'ils soient aux yeux des esthètes, aident mes paroissiens à mourir confiants, ce sont les plus belles statues du monde.

M. Fépin se leva et, la voix un peu plus sèche qu'il ne l'eut souhaité, remarqua :

— Je dois m'en aller, Jules... Un conseil de paroisse...

— Oui... Oui...

L'ami de M. Quettehou porta la main à sa poche et le curé de Baroquier-la Benoîte dit :

— Non, non... laisse-moi le plaisir de t'offrir cet apéritif...

— Alors, merci... Je suis heureux de t'avoir revu, Jules.

— Ce n'est pas vrai.

— Qu'est-ce que ?...

— Ce n'est pas vrai, Baptiste, parce que tu sais que tu vas repenser, remâcher ce que j'ai dit et tu t'apercevras qu'en dépit de toutes tes pirouettes pour te masquer la vérité, tu as perdu la foi et tu m'en voudras. Adieu, Baptiste.

*
* *

Dans le car le ramenant à Baroquier-la-Benoîte, M. Quettehou s'avouait qu'il s'était, peut-être, montré un peu trop dur envers Baptiste et qu'il avait négligé les impératifs de cette charité chrétienne à laquelle, d'ordinaire, il se voulait fort attaché. Cependant, il ne parvenait pas à éprouver des remords. Sans doute, le Seigneur exigeait-il plus de sévérité de Son serviteur car, pour le punir, il le fit se heurter au policier.

— Bonsoir, Monsieur le Curé...

— Bonsoir, Monsieur l'Inspecteur...

— Vous arrivez de Saint-Etienne ?

— Oui...

— Et aussi de Lyon, à ce que m'a appris Agathe ?

— Exact.

— Pour notre affaire ?

Le prêtre mentait mal du fait qu'il aurait désiré être franc avec cet homme ayant confiance en lui, mais il lui semblait qu'il n'avait pas le droit, lui, de trahir Paul Èvre et, à travers Paul, Maria.

— Dans un sens...

— Quel sens ?

— C'est encore trop vague pour que j'en puisse parler.

— Vous croyez ?

— Oui, sincèrement.

— Je ne mets pas en doute votre sincérité, Monsieur le Curé, toutefois je m'autorise, dans votre intérêt, à réitérer ma mise en garde : n'essayez pas, pour obéir à des scrupules particuliers ou à des affections personnelles, de me berner...

— Oh ! comment pouvez-vous...

— ... Ce serait, je vous le répète, jouer un jeu dangereux.

*
* *

Ce n'est qu'après avoir avalé deux écuelles de soupe aux poireaux et aux pommes de terre et dévoré trois rapées(1) que M. Quettehou se détendit et oublia les menaces de moins en moins voilées du policier. Il vida sa deuxième chopine, secoua les miettes de pains tombées sur sa soutane, gagna son fauteuil et alluma sa pipe tandis que la servante ôtait le couvert.

— Agathe, pourquoi as-tu dit au policier que je m'étais rendu à Lyon ?

— Fallait pas ?

— Ces gens-là, moins on leur en dit, mieux cela vaut.

— C'est qu'il a une manière de poser les questions...

— Je sais... J'ai vu Colette Vésines... La mère m'a demandé de tes nouvelles... Elles m'ont fait manger... Je n'ai pas vu Alphonse, il ne rentre pas déjeuner.

— Dans les villes, ils mènent des drôles d'existences... En somme, une bonne journée ?

— Non...

— Ah ?

— J'ai appris, sur Marguerite, des choses que j'aurais préféré ignorer... Que Dieu me pardonne, mais la Marthe Périers avait raison, la petite des Touques était une véritable gourgandine.

— Je l'ai toujours pensé... Et vous savez, à présent, qui c'est qui l'a étranglée ?

— Disons que je crois le savoir et que j'ai peur de ne pas me tromper.

— Le Paul ?

— Oui... Figure-toi que j'ai voyagé avec Maria, son mari veut divorcer... Il les aura toutes faites à cette malheureuse... Et de quelle façon la protéger, maintenant ? J'ai le cœur lourd, ce soir, Agathe... La fin de ce

(1) Sorte de galette de pommes de terre.

couple à Baroquier-la-Benoîte, ce sera un peu comme si on ouvrait une brèche dans un barrage... Je ne peux plus rien pour Paul... Il devra payer, c'est la loi... Vois-tu, je ne suis pas sûr de n'avoir pas encore commis une sottise en ne parlant pas au policier de mon voyage à Lyon ? En tout cas, dès demain, je me rendrai chez M. Héné pour lui présenter mes excuses... Allez, bonsoir ma vieille, tâche de bien dormir. Je ne suis pas sûr, quant à moi, d'y parvenir...

Alors que M. Quettehou quittait la pièce, Agathe le rappela :

— Dites ?

Le prêtre se retourna :

— Pourquoi qu'il veut divorcer le Paul puisque la Marguerite, elle est morte ?

CHAPITRE V

Avant de gagner l'église pour la messe matinale, M. Quettehou avait ordonné à Agathe de prier Maria Evre de le venir voir à la sacristie après l'office. Une partie de la nuit, il avait ruminé ce qu'il lui raconterait pour la préparer aux jours difficiles qui l'attendaient, élaboré des phrases consolatrices, échafaudé des périodes qui, s'appuyant sur l'autorité des Ecritures, seraient susceptibles d'apaiser cette âme à la dérive. Maintenant qu'elle était là, devant lui, avec son regard de bête traquée, il ne se rappelait plus ce qu'il souhaitait lui dire. Déroutée par le silence du prêtre, elle prit l'initiative :

— C'est Agathe qui...

— Oui, oui... Je t'attendais.

Dieu que c'était pénible... Pourquoi le Saint-Esprit ne venait-il pas à son secours ! De même que celui tombant à l'eau se raccroche à n'importe quoi, le curé posa une question stupide.

— Ton mari va bien ?

— Ben... Oui...

M. Quettehou pataugeait de plus en plus.

— Qu'est-ce qu'il fabrique en ce moment ?

Alors, à travers la réponse de Maria, le Ciel vint en aide à son serviteur.

— Ce qu'il fait tous les matins depuis que l'autre sa... (elle se reprit à temps) est morte : il se rend à l'endroit où on a découvert le cadavre de la Touques.

— Pourquoi ?

Elle haussa les épaules.

— Allez deviner...

— Je saurai... Maria, as-tu confiance en moi ?

— J'ai plus confiance en personne... Mais vous, c'est différent... Vous m'avez jamais menti... Vous avez été couillonné, pareil que moi...

— Alors, tu croiras ton vieux curé s'il te conjure, quelles que soient les épreuves que Dieu Se plaîra de t'infliger, de ne pas perdre confiance en Lui et de penser que la miséricorde du Seigneur est infinie.

Une lueur d'inquiétude passa dans le regard de la femme.

— Vous avez appris quelque chose sur Paul ? Il veut me quitter ? Fou comme il est, peut-être qu'il est déjà parti ?

La question s'acheva dans un cri.

— Calme-toi... Je ne sais rien de nouveau...

Elle était secouée de sanglots rauques et M.Quettehou avait honte de son impuissance en présence de cette peine. Il prit Maria dans ses bras.

— Ne désespère pas, ma fille... Rentre chez toi et prie... Souviens-toi que ce sont celles te ressemblant que le Christ préfère, c'est à elles qu'Il accorde la grâce de partager Sa douleur qui durera tant qu'il y aura des hommes sur la terre pour l'ignorer ou le bafouer.

*
* *

Plein d'une sainte colère, le prêtre quitta la sacristie et sans répondre aux questions d'Agathe, fonça en direction du Creux du Loup. Il faisait un temps magnifique. La lumière matinale donnait à penser qu'une clarté identique devait illuminer le Paradis terrestre avant la faute d'Adam. Mais pour l'heure, M. Quettehou n'était pas enclin aux idées bucoliques. Passant entre les arbres dont les branches basses semblaient vouloir le retenir, écrasant les fougères, il ressemblait plutôt à un sanglier fuyant sous la menace d'une meute.

Paul Evre, debout, regardait à ses pieds quelque chose qu'il était, sans doute, le seul à voir. Lorsque le prêtre pénétra dans son champ de vision, Paul donna l'impression de s'arracher à un rêve.

— Vous, ici ?

— Moi. Et toi, qu'est-ce que tu fiches dans ce coin ?

Il hocha lentement la tête et d'une voix morne :

— Je me demande...

— Ecoute, Paul, tu m'en as fait pas mal ces jours-ci. J'ai tout encaissé, mais je ne supporte pas que tu me prennes pour un idiot !

— Monsieur le Curé, je vous assure...

— J'en ai marre de tes histoires, Paul ! Tu entends ? Marre ! Pourquoi n'oses-tu pas m'avouer que c'est le remords qui te conduit là ?

— Pas le remords, le chagrin.

— Les deux peuvent aller de compagnie. Pour quelles raisons veux-tu divorcer ?

— Maria et moi, ça ne marche plus.

— Tu as de la chance d'avoir affaire à un prêtre parce que, bien que tu sois plus jeune que moi, je me sentirais de taille à te foutre la râclée que tu mérites, espèce de lâche !

— N'allez pas trop loin, Monsieur le Curé !

— Tu te permets de me donner des ordres, à présent ? J'irai où je voudrai ! Fourre ça dans ta caboche, impie !

— Impie ?

— Et comment appelles-tu celui qui moque impunément la loi du Seigneur ? Pourquoi voudrais-tu divorcer alors que Marguerite n'est plus, sinon parce que, dans un moment d'aberration, tu lui avais promis de le faire et que tu es devenu fou ?

— Je ne comprends pas ce que...

— ... je raconte, je sais ! Seulement, moi, Jules Quettehou, je te dis : tu as vraisemblablement assassiné Marguerite Touques et je n'y peux plus rien, mais je ne te laisserai pas assassiner Maria !

— Je vous ai déjà expliqué...

— Je ne veux plus t'entendre ! Je me suis trop compromis pour venir en aide à celui qui m'a tiré dessus !

— C'est une idée fixe !

— En tous les cas, je ne suis pas le seul à la nourrir ! L'inspecteur d'abord, et Colette Vésines que je suis allé voir à Lyon !

— Elle m'accuse ?

— Elle accuse un homme marié qui se jugeait mal marié et qui avait promis de l'épouser à Marguerite après lui avoir fait un enfant ! Reconnais que ces détails cadrent avec ton comportement, non ?

— Vous êtes tous fous ! Fous à lier ! Mais tonnerre de Dieu, puisque j'étais décidé à divorcer, je n'avais aucun motif de tuer Marguerite !

— Tu n'as jamais parlé de divorce à Maria, avant le meurtre !

— Je n'osais pas...

— Tu aurais bien agi en continuant à ne pas oser ! Je te laisse, Paul... Je ne pense pas, malheureusement pour toi, que nous aurons à nouveau l'occasion de nous parler en tête à tête. Va trouver Maria, dis-lui que tu n'as jamais songé à divorcer, que tu l'aimes... Vous devrez vivre des heures difficiles d'ici peu, tous les deux, je le crains. Seule une commune tendresse pourra adoucir votre sort. Alors, n'ajoute pas le mal au mal déjà fait. Adieu.

*
* *

Encore tout enflammé de sa juste colère, M. Quettehou abandonna le Creux du Loup pour revenir sur ses pas. Parvenu au carrefour d'où partait le sentier, sans tergiverser davantage, le prêtre prit la direction de l'école.

M. Héné faisait mettre ses gosses en rang lorsque le prêtre surgit parmi eux, déclenchant par sa seule présence, un certain flottement dans la discipline.

— Monsieur l'Instituteur !

Hargneux, M. Héné répliqua :

— Je suis payé pour enseigner, Monsieur l'Abbé, non pour bavarder avec des obstinés !

— J'ai à vous parler.

— Encore ?

— Pour m'excuser.

— Ah ?... Bon, eh bien ! Entrez...

— Inutile.

— Mais les élèves...

— Ceux qui croient en Dieu, Monsieur l'Instituteur et qui ont su suivre la recommandation évangélique : « Soyez pareils à des enfants » n'ont pas à redouter le jugement de ces derniers.

L'instituteur, subodorant un coup fourré, n'appréciait pas outre mesure cette propagande cléricale dans un temple de la laïcité. Il voulut mettre un frein à l'éloquence du prêtre, mais ce dernier ne lui en laissa pas le temps. Parlant aux gosses, M. Quettehou leur dit :

— Mes enfants... Le vrai courage est de reconnaître ses erreurs et ses fautes... Un bon catholique n'aura jamais honte de solliciter le pardon de celui ou de celle qu'il a offensé... Alors, écoutez-moi pour que vous puissiez rapporter mes propos à vos parents. Moi, votre curé, je me suis vilainement conduit : j'ai porté un jugement téméraire sur M. Héné, votre instituteur... Vous êtes tous au courant de la fin tragique de Marguerite Touques... J'ai soupçonné M. Héné d'être pour quelque chose dans ce drame. Je me suis trompé.

Le prêtre s'adressa alors au maître :

— Monsieur l'Instituteur, devant tous ceux-là qui nous écoutent et nous jugent, je vous prie d'accepter mes excuses les plus sincères et vous demande de me pardonner le mal que j'ai pu vous infliger.

M. Héné balança un moment. Profiterait-il ou non de l'occasion pour humilier l'école confessionnelle devant l'école laïque ? Mais parce qu'au fond, ce prêtre tenant d'une religion qui agonisait sous les coups d'un modernisme effréné, lui était sympathique, il tendit la main à son adversaire :

— Je n'ai jamais douté de votre sincérité si je ne puis en affirmer autant de votre estime.

Avant que l'instituteur ait pu parer l'attaque, M. Quettehou le prenait dans ses bras et lui collait un baiser sonore sur chaque joue. Par cet assaut imprévu, le curé, aux applaudissements des élèves brûlant de raconter la scène à leurs parents, reprenait l'avantage, un instant perdu.

*
* *

Au moment de passer à table et tandis que mijotait sur le font de la cuisinière la daube qu'Agathe servirait avec des macaronis, le curé de Baroquier-la-Benoîte buvait sa chopine matinale en guise d'apéritif, négligeant l'œil réprobateur de sa servante prise, une nouvelle fois, pour confidente.

— Si tu avais vu l'air affolé de ce malheureux Paul...

— Comptez sur moi pour le plaindre !

— Ce n'est pas tellement sur lui que je pleure... Mais sur Maria et ma paroisse... Agathe, je crains que la blessure causée par la mort de Marguerite ne s'envenime et que tout le monde ne soit plus ou moins atteint.

Farouche, elle protesta.

— Pas ceux qui croient vraiment !

— ... Mais sont-ils nombreux ?

— Et c'est à moi que vous le demandez ?

— Parce que je n'ose pas me poser la question.

Agathe réfléchissait avec peine. De pareils propos dépassaient son entendement et bouleversaient l'univers tranquille où, ayant fait sa place, elle attendait paisiblement que Dieu la rappelât à lui. Sa foi était celle du charbonnier.

— Je vais vous dire une chose, Monsieur le Curé : j'suis pas beaucoup intelligente, la preuve c'est que je reste à votre service malgré toutes les misères que vous me faites... Mais vous entendre parler de cette façon, ça me retourne !

— C'est vrai que je te fais des misères ?

— Manière de causer... Et puis me regardez pas comme ça que je vais pleurer.

M. Quettehou se leva, prit les mains de la vieille dans les siennes.

— Toi aussi, il faut que tu me pardonnes... Tu as raison mon Agathe, il y a des questions qu'un prêtre ne doit jamais se poser sous peine de trahir sa mission... Embrasse-moi pour me montrer que tu ne m'en veux pas.

Elle l'embrassa, s'essuya les lèvres et commenta son geste.

— Chaque fois que je vous fais la bise, j'ai l'impression de biquer un hérisson...

*
* *

Ils venaient juste de s'asseoir devant la coquelle (1) d'où montait le parfum de la daube, voilà le Bernard Lussan qui s'amène. Le curé ne pouvait pas ne pas l'inviter à partager son repas. Le boucher refusa, au soulagement d'Agathe.

— T'es brave, Jules, mais si la patronne me voyait pas rentrer pour la soupe, j'entendrais une jolie musique !

— Alors, elle doit être en train, vue l'heure qu'il est, de commencer à battre la mesure. A votre place, je me dépêcherais.

Lussan se mit à rire.

— Faut quand même pas vous figurer que je marche à la baguette ! Dis donc, Jules, je reviens de la mairie. Valentin, il est drôlement embêté.

— A cause ?

— A cause qu'il s'en sort plus de ses paperasses. Il a besoin de quelqu'un pour remplacer Marguerite.

— Ce ne sont pas mes affaires et, pour une fois que je m'en suis mêlé... Hein ? Tu bois un canon ?

— Je dis pas non... Avec ce temps, il commence à faire soif...

Grommelant des remarques déplaisantes et heureusement inaudibles sur les gens manquant de savoir-vivre, la servante s'en fut chercher un verre qu'elle posa devant l'hôte de la maison. La présence du boucher empêchait M. Quettehou de prendre garde à ce qu'il mangeait et Agathe s'estimait frustrée des compliments auxquels elle savait avoir droit.

— Vois-tu, Bernard, je me suis trompé sur les uns et les autres... Il aura fallu cette histoire pour que mes yeux s'ouvrent.

— Moi, je pense que t'as pris les choses trop à cœur... T'as voulu faire un métier qu'est pas le tien alors que personne te demandait rien.

(1) Cocotte en fonte.

— Tu es contre moi, toi aussi ?

— Comprends, Jules... On t'aime bien, mais nous casse pas les pieds à jouer au policier... T'es pas de force et tu risques simplement d'être amoché par celui qui te tire des coups de fusil.

— Toi, tu sais qui c'est ?

— Pas précisément, mais je m'en doute.

— L'Instituteur ?

— Puisque tu l'as nommé...

Furieux, le prêtre repoussa son assiette encore à demi-pleine. Agathe en aurait pleuré de dépit.

— L'étranger, hein ? M. Héné n'est pas de Baroquier-la-Benoîte, alors il est un assassin !

— Mais enfin, Jules, toi-même...

A ce rappel, la fougue de M. Quettehou s'effilocha.

— Tu as raison, Bernard, je me suis aussi mal conduit que vous... Je me suis laissé abuser par cette vilaine passion, moi, le curé, votre curé... J'ai présenté mes excuses à M. Héné.

— Non ?

— Si.

— Alors, tu le crois plus coupable ?

— Non... Parce qu'aujourd'hui, je sais qui est le meurtrier.

— Et tu vas le dénoncer ?

— Non... Je n'appartiens pas à la police des hommes, je suis un flic de Dieu et de Dieu seul.

— Tu aurais pu te le rappeler plus tôt ! En tout cas, à présent, en voulant absolument que ce soit l'un des nôtres qui ait tué, à seule fin de protéger l'instituteur dont tout le monde connaissait les relations coupables avec la victime, tu vas te mettre le village à dos et il risque de t'arriver un nouveau coup dur.

— Ce ne serait pas une menace, par hasard ?

— Un simple avertissement.

— Tu me reproches de protéger l'instituteur ? Idiot...

Pourquoi le ferais-je ? Toi, tu accuses sans preuve, seulement sur des apparences... Bernard, de ton côté, tu ne chercherais pas à protéger quelqu'un sur l'innocence duquel, tu aurais des soupçons ?

— Tu deviens maboul, mon pauvre Jules... Bientôt, tu vas me soupçonner d'avoir été l'amant de cette gamine !

— Pas toi, Bernard, pas toi... Mais un autre pour qui tu aurais de l'affection...

Le boucher se leva.

— Tu commences à déparler, je préfère m'en aller. Un conseil, cependant : à force de causer à tort et à travers, tu risques d'avoir de gros ennuis et y en aura plus pour te plaindre. Sans adieu, curé !

Après le départ de Lussan, le prêtre resta un instant songeur puis déclara d'une voix détimbrée :

— Le gendre de Bernard, Jérôme le boulanger, était encore un chaud lapin il n'y a pas si longtemps et sa femme, Christine ne me semble pas douée pour susciter de grandes passions...

Agathe vint se planter devant son maître, les poings sur les hanches.

— La Marguerite, l'instituteur, le boucher, son gendre, et sa fille, pour l'heure, je m'en fous ! Ce que je voudrais savoir c'est si, oui ou non, vous avez trouvé ma daube à votre goût ?

*

* *

M. Quettehou avait passé l'après-midi à essayer de deviner où était son devoir. Un moment, il avait pensé à consulter l'archiprêtre puis il s'était dit qu'agissant de la sorte, il se conduirait en séminariste empêtré dans une conscience tâtillonne et une timidité traditionnelle. Quand on a dépassé la soixantaine, on doit prendre seul ses décisions, sans avoir recours à un autre qu'à Dieu. Selon son habitude, il était allé marcher dans la campagne pour tenter de résoudre le problème qui l'obsédait : livrer ou non Paul Evre au bras séculier.

Ses soucis, quels qu'ils fussent, ne parvenaient pas à diminuer l'appétit du prêtre ni à calmer sa soif endémique. A certains tiraillements internes, il sentit que l'heure de la soupe ne tarderait pas à sonner et il se hâta en direction de Baroquier-la-Benoîte. Agathe détestait attendre.

De loin, M. Quettehou aperçut le policier. Il ne tenta rien pour l'éviter, au contraire, car sa résolution était prise et il tenait à affermir sa position dans un combat immédiat. L'inspecteur ne s'imposa pas le moindre effort pour assouplir son attitude. D'entrée, il se fit insolent :

— Vous rendez-vous compte, Monsieur le Curé, que vous commencez à me fatiguer, et sérieusement ?

— Je l'ignorais jusqu'à cet instant... Puis-je vous demander la raison de cette méchante humeur à mon endroit ?

— Parce que, bien sûr, vous ne vous en doutez pas ?

— Ma foi...

— Je n'aurais jamais cru qu'un porteur de soutane puisse mentir avec autant de cynisme !

— Monsieur l'Inspecteur, me tromperais-je en discernant dans vos propos, une pointe d'anticléricalisme ?

— Et vous vous foutez de moi, par-dessus le marché ?

— Je vous assure...

— Cela suffit ! Vous vous vantez de connaître le meurtrier que j'ai pour tâche de découvrir et d'arrêter !

— On m'a encore trahi, hein ?

— Comme vous me trahissez ! Mais eux ont de bonnes intentions, ce qui n'est pas votre cas ! Monsieur le Curé, j'ai le regret de vous affirmer que votre attitude est, tout à la fois, malhonnête à mon égard et stupide au vôtre !

— Au mien ?

— Ne pouvez-vous comprendre que par vos vantardises, vous vous désignez aux coups de l'assassin ? Avez-vous déjà oublié qu'on vous a tiré dessus ?

— Pour m'effrayer...

— Ah ! J'y renonce... Vous ne voulez décidément pas me confier si vous avez appris quelque chose susceptible de faciliter mon enquête ?

— A vous de le découvrir !

— Notre alliance est donc rompue ?

— Cela dépend de vous.

— Parfait. Vous m'avez retardé dans mes recherches... J'arriverai à l'assassin sans votre secours, mais si vous vous faites tuer, ne venez pas vous plaindre !

Le policier s'en alla, furieux et le curé, rentré chez lui, mit sa bonne au courant.

*
* *

M. Quettehou n'osait pas regarder Agathe après le repas pris en silence. Faussement désinvolte, il dit :

— Et si on allait se coucher, maintenant ?

Mais Agathe ne cédait jamais aux ruses même les plus aimables.

— Pourquoi que vous lui avez pas parlé du Paul, au policier ?

— Je ne m'en suis pas senti le droit.

— Mais si c'est vrai qu'il pourrait vous tuer ? Vous avez envie de mourir ?

— Sûrement pas !

— Alors ?

Le prêtre prit la servante aux épaules.

— Je suis au service de Dieu, Agathe et si le Seigneur m'a appelé, c'est pour aider les hommes non pas les accabler.

— Même s'ils veulent...

— Même !

— Oh ! Vous pardonneriez à Caïn !

— Sûrement, car je penserais à ce qu'il a dû souffrir après son geste abominable... Comme souffre sans doute Paul en cet instant... Tu l'imagines essayant en vain de dormir avec deux cadavres sur la conscience et auprès d'une femme qui lui est devenue si étrangère qu'elle ne peut plus lui être d'aucun secours.

*

* *

La nuit recouvrit Baroquier-la-Benoîte de son épais manteau. Un beau silence régna dans les maisons et les étables. Parfois, un homme se retournait dans son lit pour changer de position. Les vaches, sur leurs litières, étaient engourdies dans leur rumination sans fin. Les chats prenaient possession du village et, entre deux baillements, les chiens grondaient, flairant une présence insolite, Agathe dormait d'un sommeil sans rêve. M. Quettehou, en dépit de ses préoccupations, avait fini par s'assoupir jusqu'au moment où il fut réveillé par un bruit bizarre. Il s'assit sur la couche, prêta l'oreille. D'abord, il crut à une grosse pluie dont les gouttes emportées par le vent, venaient frapper la fenêtre. Cependant, il se rendit vite compte qu'aucun accident météorolique ne troublait le calme nocturne. Intrigué, il demeura quelques instants à se demander s'il n'était pas le jouet d'une illusion auditive. Finalement et pour aussi incroyable que la chose paraissait du premier moment, il dut admettre qu'on lançait des petits cailloux dans ses volets. Dès qu'il eut accepté le fait, le prêtre se mit à réfléchir rapidement. S'il ne se trompait pas, celui qui l'appelait de cette façon bizarre, n'osait pas frapper à sa porte. Pourquoi ? Paul ! Il ne pouvait s'agir que de Paul Evre, bourrelé de remords, qui cherchait l'ami capable de l'écouter sans le repousser.

M. Quettehou glissa ses pieds dans ses vieilles savates

et pour ne pas risquer d'éveiller Agathe, il ouvrit sans bruit les volets, se pencha et appela doucement :

— Paul !... C'est toi ?

Comme on ne répondit pas, M. le Curé se pencha un peu plus et manqua perdre l'équilibre. Le mouvement qu'il fit pour se reprendre, le déporta sur le côté. Alors qu'il commençait à se redresser, le coup de feu claqua et le prêtre, avant de s'évanouir, eut l'impression qu'il avait reçu, à la hauteur de l'épaule un coup de poing qui le jeta sur le plancher.

II

La nouvelle avait bouleversé le canton. On avait encore essayé de tuer le curé de Baroquier-la-Benoîte ! M. L'Archiprêtre avait été convoqué à l'archevêché et l'inspecteur Rulles s'était entendu dire qu'il fallait mettre ce qui arrivait au compte de la mollesse avec laquelle il menait son enquête. Les journaux s'en prenaient à la police, réputée une fois de plus, incapable. L'opinion ne comprenait pas ce qu'il se passait dans ce village du Plateau. Les chroniqueurs rappelaient les meurtres de Marguerite Touques et d'Emile Périers et certains, faisant preuve de plus ou moins de tact, parlaient non plus de Baroquier-la-Benoîte mais de Baroquier-la-Maudite.

M. Quettehou, atteint d'une balle à l'épaule, avait eu la chance d'être soigné par le docteur Coulogne, un colosse qui n'admettait pas qu'on transigeât avec les consignes qu'il donnait au personnel de l'hôpital. Ainsi, il avait pu préserver la tranquillité de son malade envers lequel il éprouvait une véritable sympathie.

Assis familièrement sur le lit de son patient, le médecin l'avertissait :

— Maintenant que vous êtes définitivement tiré d'affaires, je ne peux plus empêcher les visites...

— Tant pis...

Coulogne montra le projectile extrait de la blessure.

— Voilà le cadeau qu'on vous a fait... Si on vous avait atteint ailleurs qu'à l'épaule ou au bras, j'aurais eu beaucoup de mal à vous conserver à vous ouailles... En cet instant, vous seriez vraisemblablement au paradis.

— Perspective qui ne peut susciter que mes regrets.

— Ingrat ! Soyez chic, Monsieur l'abbé et confiez-moi pourquoi un homme de votre état a pu se brouiller avec ses paroissiens au point que l'un d'eux ait voulu le tuer, car on a voulu vous tuer, mon pauvre ami, il est impossible de le nier.

— Ce n'est pas mon intention.

— Vous savez donc pourquoi on a tenté de vous éliminer ?

— Disons que je m'en doute.

— En somme, il ne vous manque que le nom du meurtrier.

— Même pas...

— Alors, qu'attendez-vous pour le dénoncer ?

— Je ne sais pas... Peut-être parce que je l'aime bien...

*
* *

Ce fut naturellement Agathe qui se présenta la première. Tout de suite, elle attaqua :

— Vous êtes content, hein ?

— Ce n'est pas exactement le mot qui me paraît convenir.

— Commencez pas vos belles phrases où je comprends rien ! Tout ce que je sais, c'est qu'à cause de vous, c'est quasiment la révolution au pays ! Il y en a qui se promènent plus sans leur fusil et la nuit, personne ose plus sortir... Voilà votre travail !

— Tu es folle !

— Si vous l'aviez dénoncé votre assassin, tout ça n'arriverait pas ! En tout cas, faites-moi confiance ! Si les autres le découvrent, ils préviendront les gendarmes quand ils l'auront écharpé et ils auront raison !

Infirmiers et infirmières passant devant la porte du prêtre s'arrêtaient et repartaient, amusés par les échos de la querelle opposant le curé à sa servante.

M. Quettehou, lui, ne riait pas. Appuyé sur ses oreillers, il avait pris un teint rouge brique sous l'effet de la colère.

— Agathe ! Tu vas te dépêcher de remonter chez nous et tu avertiras le maire que j'interdis la violence quelle que soit sa forme et contre n'importe qui ! Je le rendrai responsable du moindre incident ! Allez, file !

— Non.

— Comment ?

— Pourquoi me faire répéter puisque vous avez entendu ?

— Tu me désobéis, toi !

— Parfaitement.

— Tu n'as pas honte ?

— Et pourquoi que j'aurais honte ? Depuis quand c'est les pillots (1) qui commandent aux vieilles clousses ? (2)

Au bord de l'apoplexie, l'abbé râla :

— C'est moi que tu traites de pillot ?

— Je suis votre aînée, oui ou non ? Aux gosses du cathéchisme, vous expliquez qu'il faut respecter les personnes âgées et ben, vous donnez pas l'exemple !

(1) Poussins.
(2) Poule ayant des poussins.

Votre assassin, c'est un monstre et je serai au premier rang si on l'étripe !

— Agathe, je te donne tes huit jours.

— Je vous crois pas !

— T'ai-je jamais menti ?

— Oh ! Là, là ! Plus souvent qu'à votre tour ! Tenez, chaque fois que vous vous laissez aller sur le Beaujolais ou le Côte du Rhône, vous me racontez que vous avez dû manger quelque chose qui passait pas. C'est pas des mensonges, ça ?

— Tais-toi !

— Bon ! Bon ! ça va ! Je vas déjeuner chez ma nièce et puis je rapplique.

— Je te défends de revenir ! Je ne veux plus te voir !

Agathe reprit son cabas.

— Je pars rassurée. Vous êtes presque guéri puisque vous plaisantez !

La porte refermée n'arrêta pas la série de jurons et de gros mots dont M. Quettehou tentait de soulager sa fureur et son inquiétude, série que M. l'Archiprêtre reçut en pleine figure en entrant dans la chambre du curé. Il s'immobilisa avant de s'enquérir doucement :

— Une nouvelle prière, mon fils ?

Confus, le malade s'excusa comme il le put. La douceur naturelle de son caractère aida l'archiprêtre à passer l'éponge sur le manque de retenue du curé de Baroquier-la-Benoîte. Les deux prêtres qui s'estimaient depuis toujours s'entretinrent familièrement. Le plus âgé apportait à son cadet la bénédiction de l'évêque qui se félicitait, avec tout le clergé du canton, de ce que M. Quettehou ait échappé à la mort. De là, on en vint à discuter de l'attentat lui-même et de son auteur. Alors, le convalescent posa la question qui le préoccupait.

— Je pense avoir deviné l'identité de celui qui a voulu m'abattre.

— Est-ce aussi le meurtrier des deux précédentes victimes ?

— Je le crois. Estimez-vous qu'en tant que prêtre, j'ai le droit ou plus simplement de devoir de faire part de mes soupçons à la police ?

— S'agit-il de soupçons ou d'un peu plus ?

M. Quettehou hésita, puis se décida brusquement :

— De beaucoup plus.

L'archiprêtre sortit sa tabatière et se fourra une prise dans les narines et après s'être essuyé :

— Excusez-moi, mais cela me facilite la réflexion... Celui qui est encore un inconnu pour moi... Le connaissez-vous par sa confession ?

— Absolument pas.

— Tant mieux ! Ainsi vous n'êtes pas lié par le secret... Mon fils, vous auriez été la seule victime, je vous refuserais tout conseil et vous laisserais agir selon votre conscience. Mais, il y a ces deux jeunes morts. A cause d'eux, vous n'êtes plus libre de décider.

— Ne pas me taire ne leur rendra pas la vie...

— Sans doute, mais êtes-vous sûr que votre silence n'en mettrait pas d'autres en péril ?

*
* *

M. Quettehou avait mélancoliquement mangé l'insipide repas qu'on lui avait servi et songeant aux heures sombres l'attendant à Baroquier-la-Benoîte, il avait le cafard. Il sommeillait lorsque son Agathe reparut. Quand le prêtre, entrouvrant les yeux, la vit assise à son chevet, il s'attendrit.

— Alors, tu es revenue ?

— Et pourquoi que je serais pas revenue ?

— Parce que je t'ai flanquée à la porte, tiens !

— Vous pouvez pas !

— Et pourquoi ?

— Parce que sans moi, vous serez perdu et moi je mourrai.

Le curé eut les larmes aux yeux. La servante qui n'aimait pas les attendrissements, sortit une chopine de son cabas.

— J'ai pensé que vous languissiez ?

— Brave créature !

Et sans plus de façon, le prêtre porta le goulot à ses lèvres et se mit à vider le flacon à une telle vitesse que sa bonne s'écria :

— Dépêchez-vous pas tant que vous allez vous encoucourler(1) !

La chopine vidée, le protégé d'Agathe s'essuyait la bouche, un sourire heureux illuminant son visage lorsqu'on frappa un coup discret à la porte. Quand il eut dit d'entrer, Mlle Stéphanie pointa son nez de fouine dans l'entrebâillement. L'effet sur la vieille bonne de M. Quettehou fut immédiat. En dépit de son âge, elle bondit et voulut repousser la visiteuse.

— On reçoit pas les étrangers !

— Agathe !

La voix du curé gronda avec tant de violence que la bonne femme interrompit sa stratégie d'expulsion.

— Agathe, reviens t'asseoir !

Elle obéit en renaudant et le blessé adoucit le ton pour inviter la visiteuse à entrer.

— Venez, venez, Stéphanie... Je suis heureux de vous voir.

— Moi aussi, Monsieur le Curé... Quand j'ai appris ce qui vous était arrivé...

— Ne parlons plus de tout cela... Nous devons oublier les vilaines histoires, pour ne pas nous salir l'esprit. Avez-vous fait un bon séjour chez votre sœur ?

— Oh ! Oui. Je vous ai apporté les confitures promises.

(1) S'étrangler en toussant.

— C'est très aimable à vous, ma chère Stéphanie.

C'était beaucoup plus qu'Agathe ne pouvait en supporter. Elle abandonna son siège pour déclarer :

— Je vois bien que je suis de trop... Je reviendrai quand on respirera mieux dans cette chambre. Je vous laisse, Monsieur le Curé. Je suis sûre que si vous avez besoin de quelque chose, celle-là fera de son mieux... Du moins, je l'espère.

Elle s'en alla sans dire au revoir à personne. Mlle Stéphanie que cette victoire remplissait de joie, remarqua :

— Elle m'aime guère...

— Bah ! Elle est jalouse. Elle me couve et ne supporte pas que quiconque occupe, ne fut-ce qu'un instant, la place qu'elle estime lui être réservée.

— Elle est un peu piquée, quoi !

— Allons, allons, Stéphanie, ne soyez pas méchante... Qu'avez-vous fait à Laversanne ?

— D'abord, j'ai aidé ma sœur pour ses confitures de coing et puis, je me suis renseignée de-ci de-là...

— A quel propos, si je ne suis pas indiscret ?

— De notre assassin !

— Qu'est-ce que vous me chantez-là ?

Stéphanie ricana :

— On croit que je bavarde toujours sur rien ! On se trompe ! Je vois ce qui se passe, même quand on se figure caché. Et puis, je réfléchis aussi... Et j'ai drôlement réfléchi à Laversanne.

Elle commençait à ennuyer le prêtre qui cherchait un moyen de la renvoyer sans la vexer.

— A présent, je pense savoir qui c'est qu'a tué la Marguerite et l'Emile avant d'essayer de vous démolir !

— Attention, Stéphanie ! Ne vous montez pas la tête ! On ne saurait accuser sans preuve quand on est vraiment chrétien !

— La preuve, je l'ai quasiment...

— Quasiment... Hein ?

— Ne vous énervez pas, Monsieur le Curé. Je sais de quoi je cause.

— Je voudrais en être certain.

— Vous pouvez !

— Alors, confiez-moi de quoi il s'agit.

La demoiselle eut un rire gamin.

— Vous voudriez, hein ? Mais rien à faire !

— Ah ?

— Je vais remonter chez nous... Et dès ce soir, ou plutôt demain, j'irai voir le meurtrier et j'y dirai ce que je pense de lui.

— Vous êtes folle, Stéphanie ! Vous risquez votre vie !

— Pensez-vous ! Quand il se saura démasqué, il tombera à genoux et me suppliera d'avoir pitié. Alors, je lui dirai de se rendre à la police et de tout avouer.

— Vous vous figurez qu'il vous écoutera ?

— J'en suis sûre !

— Je vous conjure, Stéphanie, de m'apprendre de qui il s'agit ? Que je puisse, au moins, vous faire protéger !

— Et puis, on répétera partout que c'est vous qui avez trouvé la solution du problème ? Je marche pas ! Personne s'est jamais soucié de moi à Baroquier-la-Benoîte et pour une fois que j'ai la chance d'être considérée par tout le monde, vous pensez que je vous ferai cadeau de ma chance ? Faut pas y compter !

— Ma pauvre Stéphanie... Je crois surtout que vous profitez de l'occasion pour tenter de vous donner de l'importance... en inventant une histoire où vous tenez le beau rôle de justicière !

— Autrement dit, je déparle ?

— Tout juste !

— A châ peu (1), vous vous apercevrez tous que Stéphanie Aniane, c'est quelqu'un !

(1) Petit à petit.

— Méfiez-vous de l'orgueil, ma fille...
— J'ai pas le droit d'en avoir, des fois ?
— J'ai peur pour vous, Stéphanie.
— Vous avez tort, Monsieur le Curé... et maintenant, je m'en vais. On se reverra vite et vous me féliciterez !
— Je le souhaite...

*
* *

Sitôt qu'il se retrouva seul, M. Quettehou téléphona au bureau de l'inspecteur où on lui apprit que M. Rulles, grippé, gardait la chambre, mais qu'on lui transmettrait la commission. Il demanda alors s'il ne serait pas possible de protéger, tout de suite, Mademoiselle Aniane à Baroquier-la-Benoîte car il craignait pour sa vie. On lui promit de voir ce qu'on pourrait faire. Ayant raccroché, le curé réfléchit à la scène qu'il venait de vivre et finit par se persuader que Stéphanie était en pleine crise de mégalomanie et qu'il s'était peut-être un peut trop pressé d'alerter la police. La malheureuse désirait désespérément être prise au sérieux. Au fond, le prêtre regrettait d'avoir traité Agathe avec sévérité. Elle était, sans doute, beaucoup mieux renseignée que lui, quant à la mentalité de son ennemi.

*
* *

Le lendemain matin, M. Quettehou passa la matinée en compagnie de son Agathe arrivée par le premier car. Elle faisait la tête et ne pipait mot. Pendant plus d'une heure, le curé ne voulut pas céder, mais vers dix heures, n'y tenant plus, il demanda :
— Tu vas bouder longtemps ?
— Je boude pas.
— Qu'est-ce que tu fais alors ?

— Je reste dans mon quant à moi !

— Et tu t'y trouves à l'aise ?

— Ça me regarde !

— J'avais pourtant, des choses à t'apprendre...

— Vos histoires, elles m'intéressent pas...

Le prêtre laissa passer quelques secondes puis lâcha, en feignant de n'y prêter aucune attention.

— A propos de la Stéphanie...

Agathe donna l'impression d'avoir marché sur la queue d'un serpent venimeux. Elle fit un bond qui la porta au chevet de son maître. Tendue, hors d'elle, elle glapit :

— Je veux pas que vous me causiez de cette cancorne !

— Je crois bien qu'elle m'a menti...

— Et ça vous étonne ?

— Elle prétend résoudre le problème de l'identité du meurtrier...

— Peut-être parce que c'est elle...

— Ne commence pas à déparler !

— Déparler, c'est vite dit...

— J'ai peur pour elle...

— Bah ! Qu'est-ce que vous voulez qu'il lui arrive ? Elle ferait s'ensauver le diable lui-même s'il la rencontrait.

— Je crains, au cas où elle aurait été sincère, qu'elle ne connaise le même sort qu'Emile.

— Qui c'est qu'aurait l'idée de serrer le cou à cet épouvantail ?

— L'assassin des autres.

— Milipiat ! Il me deviendrait sympathique ! Ça serait un bienfaiteur de la paroisse !

— Arrête, Agathe, sinon je me fâche pour de bon ! Parler ainsi d'une pauvre créature de Dieu ! J'ai drôlement envie de te confesser.

— Je vous dirai rien !

— Agathe, tu m'inquiètes : tu fais de la contestation, maintenant ?

— De la quoi ?

L'écho d'une violente quinte de toux parvint aux deux adversaires à travers la porte. C'était l'inspecteur Rulles qui s'annonçait. Il entra en protestant :

— Alors, je n'ai plus le droit d'être malade ? Faut que je sorte de mon lit pour répondre à l'appel d'un curé qui s'acharne à me mettre des bâtons dans les roues, et avec qui j'ai rompu. Si je ne suis pas un imbécile, je me demande ce que je suis ! Seulement, n'attendez pas que je vous plaigne ! Je dirais même que j'éprouve un certain contentement à vous voir dans cet état ! Cela vous apprendra à jouer les cachottiers !

— Seriez-vous rancunier ?

— Oui, quand on me gêne dans mon métier !

— Une belle pierre dans mon jardin... M'accorderez-vous mon pardon si je vous en prie ?

— A condition que vous me racontiez ce que vous êtes allé faire à Lyon.

M. Quettehou ne pouvait résister davantage. D'ailleurs, il n'en avait pas tellement envie, ne sachant plus exactement où était son devoir et s'abritant derrière le conseil donné par l'archiprêtre. Il résuma donc les buts et les résultats de sa visite aux Vésines. L'inspecteur l'écouta sans jamais l'interrompre. Quand le prêtre acheva son récit, le policier s'enquit tranquillement :

— Estimez-vous que l'attentat dont vous avez été victime est en rapport direct avec votre excursion lyonnaise ?

— Sûrement, oui.

— Autrement dit, l'assassin a compris que votre enquête le menaçait.

— Je le crois.

— Qui était ou a été au courant de votre voyage à Lyon ?

— Ma foi, à part Maria...

— Maria Evres ?

— Oui.

— Alors, tout est clair maintenant. Je me charge du reste.

M. Rulles se leva, étouffa une crise de toux. Lorsqu'il eut retrouvé sa respiration, il déclara :

— Si vous m'aviez parlé plus tôt...

— Essayez de comprendre que, pour un prêtre, il est bien difficile de livrer une de ses ouailles à la police ?

— Oh ! Je me garderai bien d'entrer dans ces subtilités psychologiques qui vous regardent seul. Encore un mot : pourquoi avez-vous fait alerter la gendarmerie de Troussis ?

— C'est à propos de Stéphanie Aniane.

— La vieille fille hargneuse de Baroquier-la-Benoîte ? Qu'a-t-elle fait ?

Le curé fit revivre pour l'inspecteur la curieuse visite de Stéphanie. M. Rulles s'enquit quand M. Quettehou eut terminé :

— Avez-vous ajouté foi à ses racontars ?

— Un peu, puisque j'ai agi comme j'ai agi... pourtant, je la connais, elle et sa pauvre vanité.

Une infirmière entra dans la chambre et s'adressa au policier :

— Vous êtes l'inspecteur Rulles ?

— En effet.

— On vous appelle au téléphone.

Le policier sortit et réapparut quelques minutes plus tard.

— Monsieur le Curé, vous aviez tort.

— En quoi ?

— De ne pas croire aux résolutions de Stéphanie.

— Parce que ?

— Parce qu'on l'a étranglée, elle aussi. Les gendarmes sont arrivés trop tard.

III

Le policier était parti depuis pas mal de temps, que M. Quettehou n'avait pas encore prononcé un mot. Il n'avait pas réagi autrement que par un long gémissement à l'annonce faite par l'inspecteur. Agathe commençait à s'inquiéter de cette espèce de torpeur où son maître semblait plongé. Timide, comme toujours lorsqu'elle se trouvait en présence de quelque chose d'inhabituel et qu'elle ne comprenait pas, Agathe tira avec douceur la manche de la chemise du prêtre et parce qu'il paraissait ne s'apercevoir de rien, elle le secoua. Le curé de Baroquier-la-Benoîte tourna vers la bonne femme sa grosse tête au cheveux gris et son regard lui sembla si triste, si désespéré qu'elle faillit fondre en larmes.

— Qu'est-ce que vous avez ?

— Stéphanie... La troisième... Nous sommes maudits... Seigneur, en quoi avons-nous manqué à Votre loi, pour que Vous nous frappiez aussi cruellement ?

Sa rancune pas tout à fait dissipée, Agathe maugréa :

— C'est malheureux sûr, mais c'est pas parce qu'elle

est morte qu'elle était pas une babièle(1) qui s'en croyait...

— Te réjouirais-tu de sa mort ?

— Non... Mais vaut mieux que ça soye elle qu'une brave personne.

M. Quettehou ne répondit pas. Les événements que vivait sa paroisse et les propos de sa servante l'inclinaient à penser que depuis des années et des années, il perdait son temps. A nouveau, il s'interrogeait anxieusement pour décider si, par insouciance, paresse et incapacité, il n'avait pas trahi sa mission. Lui qui, jusqu'ici se figurait, le grand moment venu, devoir en être quitte avec un court Purgatoire, il se sentait beaucoup moins certain de son avenir dans l'autre monde.

— Et Paul ? Tu y penses à Paul ?

— Celui-là, moins on en cause et mieux ça vaut !

— Agathe... Rien ne peut plus le sauver... Et Maria que va-t-elle devenir ?

— Elle avait qu'à mieux choisir !

— Est-ce possible que ce soit toi qui parles avec tant de cruauté ?

— Je peux quand même pas admirer un assassin !

— Non, mais tu pourrais le plaindre ?

— Vous en avez de bonnes ! Tenez, si je vous connaissais pas, je me mettrais à hurler d'indignation !

Le prêtre, tout entier à son chagrin, n'écoutait plus la servante.

— Penser qu'il a eu l'affreux courage de tuer trois fois... Le petit Paul qui était si doux, si sage... Il a pu serrer le cou de créatures de Dieu jusqu'à ce que s'exhale le dernier souffle de vie. Il s'est damné pour l'éternité... Peut-on donc vivre si longtemps parmi les hommes sans les comprendre ?

(1) Bavarde.

*
* *

Ce fut une journée pénible, aussi bien pour M. Quettehou que pour Agathe. Le premier ne parvenant pas à sortir de sa tristesse. La seconde désespérant de voir un jour son maître cesser d'avoir l'air désespéré pour redevenir le prêtre heureux de vivre qu'il avait été depuis son ordination. La monotonie de ces heures qui coulaient si lentement, ne fut interrompue que par la visite vespérale de l'inspecteur venu annoncer l'arrestation de Paul Evres et son incarcération. Le curé demanda :

— Et Maria ?

Le policier haussa les épaules et sortit sans prendre congé.

*
* *

Moins d'une semaine après que la presse eut annoncé que le mystère sanglant de Baroquier-la-Benoîte semblait résolu, M. Quettehou, accompagné d'Agathe, regagna son village. Le curé portait le bras en écharpe et sa servante dut l'aider pour monter dans le car, s'y installer, en descendre. A l'arrêt, un petit groupe attendait les voyageurs. Il y avait là Valentin Meslay, Bernard Lussan, le boucher, le gendre de celui-ci Jérôme Châtel et Baptiste Essoyes, le cafetier. Cependant, ce qui toucha le plus le prêtre, fut, sans conteste, la présence de M. Héné. Dans le drame que la police venait de conclure, les habitants du village avaient-ils éprouvé le besoin de se serrer les coudes, découvert la fraternité ? Dans cette espérance, M. Quettehou retrouva le goût de vivre.

Le maire crut de son devoir de prononcer quelques paroles de bienvenue :

— Monsieur le Curé, je ne suppose pas trahir l'opinion de mes administrés en vous assurant que nous sommes tous très heureux de votre retour. Je jetterai un voile sur le malheur qui, à travers un homme, atteint notre village. Nous n'ignorons pas l'affection que vous portez à celui sur qui s'est abattue la main de la Justice. Nous vous plaignons comme nous le plaignons en dépit de tout. J'estime que nous devons aussi penser à la femme du coupable qui n'est qu'une victime. Au nom de ceux qui m'entourent, je tiens à vous dire que vous nous trouverez à vos côtés dans ce que vous entreprendrez en sa faveur. Bonne convalescence, Monsieur le Curé.

En réponse, M. Quettehou bafouilla :

— Mes amis... Je suis ému... Tellement ému que je ne sais quoi vous dire sinon ma joie de me retrouver chez nous, dans notre village. Merci à tous et plus particulièrement à vous, Monsieur Héné, dont la présence me surprend et me comble.

L'instituteur fut parfait.

— Monsieur le Curé, quand Baroquier-la-Benoîte est dans la peine, j'en veux prendre ma part.

Lussan se contenta d'embrasser le prêtre.

— Je suis bougrement content de te revoir.

Son gendre serra la main valide du prêtre.

— Vous nous avez fait peur...

Essoyes résuma son émotion, en une phrase :

— Je vous attends, Monsieur le Curé, pour boire la chopine de l'amitié.

Et, tous ensemble, ils remontèrent à petits pas vers le village.

*
* *

Quelques jours passèrent. M. Quettehou les employa à se réinstaller dans son existence quotidienne, dans un cadre familier trop longtemps abandonné. Il lui semblait s'évader d'un cauchemar. Peu à peu, consacrant le meilleur de son temps à sa tâche pieuse, il reprenait pied dans son monde. Plus souvent qu'avant son départ de l'hôpital, il se préoccupait d'un apostolat traité jusqu'alors avec un peu trop de bonhomie. Le premier soir où le prêtre s'était retrouvé, à table, en face d'Agathe, prêt à plonger sa cuillère dans une soupe dont les reflets moirés lui indiquaient qu'on n'y avait point ménagé le lard, il récita son « Bénédicité » avec une ferveur oubliée.

M.Quettehou savoura de nouveau le plaisir de la sieste, les joies simples des promenades compagnardes et des longs bavardages avec les amis rencontrés.

Dès qu'il s'était senti assez ferme sur ses jambes et assez habile pour ne plus être gêné par son bras en écharpe, le curé avait entrepris de visiter ceux directement intéressés au drame ayant ensanglanté la paroisse. Il commença par celle dont on avait emmené le mari en prison.

Maria ne s'occupait plus guère de son commerce. Elle n'en ouvrait plus la porte à heure fixe et maintenant que Paul n'était plus là pour se rendre au marché, elle n'avait pas grand-chose à vendre. L'épicerie sombrait avec le naufrage du couple. Maria ne mangeait guère, n'ayant pas le cœur à faire de la cuisine. Elle se nourrissait d'innombrables tasses de café qui, à défaut d'un calme impossible à trouver dans les circonstances actuelles, lui procuraient une insomnie lui cernant les yeux et lui creusant les joues. En voyant le prêtre, elle ne put que pleurer sur l'ample poitrine de M. Quettehou.

— Tu dois te ressaisir, ma fille, ne pas t'abandonner à ton chagrin que je comprends, que nous comprenons. Paul et toi, vous vous êtes unis devant Dieu et seul, il peut dénouer les liens qu'Il a noués. Tout ce que tu endures ici-bas par la faute d'un autre, te sera compté. Tu souffres injustement et, pour admettre la raison de cette souffrance, pour ne pas te révolter, il faut te rappeler ce que je t'ai enseigné sur la communion des saints. Ta douleur ne sera pas perdue. Accepte-la avec résignation dans l'amour du Seigneur.

— Je l'accepterais si Paul était coupable... Mais il l'est pas ! Vous entendez, Monsieur le Curé ? Il l'est pas !

— Pourtant les faits...

— Quelle importance ils ont les faits par rapport à ce qu'il y avait entre Paul et moi ? Oh ! Je sais il est devenu à moitié fou à cause de la Marguerite, mais quand les gendarmes l'ont emmené, vous savez ce qu'il m'a crié ? « Maria, je te jure que je suis innocent de tous ces crimes... Tu diras au curé qu'il doit avoir confiance en moi, que j'ai pas renié ce qu'il m'a enseigné... Je suis innocent, Maria et je t'aime ! ». Voilà ce qu'il a dit... Mais ils y ont passé les menottes.

— C'est la loi, ma pauvre petite...

— Alors, la loi permet qu'on mette les innocents en prison ?

— Pour tous, hélas ! Paul ne semble pas innocent.

— Je sais... Et pour vous ?

— Mon Dieu...

Maria remarqua tristement :

— Il a plus confiance en vous que vous avez confiance en lui...

Le prêtre baissa la tête sans trouver la force de protester. Malgré son désir de consoler cette femme, il ne pouvait lui mentir et lui assurer sa foi en une innocence à laquelle il ne croyait pas.

— Il m'aimait, Monsieur le Curé...

— Tu m'as pourtant confié son intention de divorcer ?

— Il m'en a demandé pardon. Il était perdu... Alors, il voulait s'en aller, seul, se cacher dans un coin à la façon d'une bête malade qui s'écarte pour crever... Il avait pas de raison de divorcer puisque Marguerite était morte ?

Le prêtre se rappela une réflexion identique d'Agathe.

— Logiquement tu as raison, Maria, mais les égarements de la passion...

— J'ai dépit à l'avouer, Monsieur le Curé... C'est vrai qu'il l'aimait cette Touques !... Paul, il a jamais voulu vieillir... C'était plus fort que lui, il se cramponnait au passé... Je sais pas de quelle façon m'y prendre pour vous expliquer... Marguerite, par sa jeunesse, elle rendait sa jeunesse à mon mari. Il l'aimait trop pour la tuer...

— Peut-être lui a-t-elle dit quelque chose qui l'a mis en colère et...

— Même en colère, il y aurait pas fait de mal... Je comprends pas, Monsieur le Curé, que vous ayez perdu d'un coup votre confiance dans mon mari ?

— On la perdrait à moins ! Oublies-tu qu'il a essayé, par deux fois, de m'abattre ?

Maria se tut un instant, puis elle murmura :

— Au fond de votre cœur, vous savez bien que c'est pas vrai.

— Mais enfin...

— Vous vous rappelez plus que Paul vous aimait comme un père ? Il n'avait confiance qu'en vous... Lorsque vous lui causiez au sujet de la Marguerite, il était malheureux, que vous pouvez pas vous faire une idée... Je crois qu'il aurait plus volontiers tiré sur moi que sur vous...

— Tais-toi, Maria, tu bartavelles (1) !

Elle haussa doucement les épaules et remarqua, amère :

— Moi, je l'aimais et il me croyait pas... Vous, il vous aimait et vous l'avez pas cru... C'est bête la vie, non ?

— Ce sont les hommes qui la rendent stupide, ma fille.

(1) Parler sans savoir ce que l'on dit.

Mais, obstinée dans son raisonnement, Maria ne pouvait plus entendre autre chose que ses pensées qu'elle ne cessait de rabâcher.

— Il vous a pas tiré dessus... Il a pas tué Marguerite... Et il a pas tué la Stéphanie qui avait de l'amitié pour lui, parce qu'il lui donnait un coup de main pour rentrer son bois ou sortir son matelas à la belle saison... Il y a que pour l'Emile que je suis moins sûre... Pourtant, la petite, elle prêtait pas plus attention à Emile qu'à mon Paul...

*
* *

En quittant Maria, M. Quettehou se sentait troublé, non pas que sa certitude de la culpabilité de Paul fût le moins du monde ébranlée, mais l'acharnement mis par Maria à défendre son mari le bouleversait.

Ruminant ces pensées, le curé se trouva bientôt devant la porte du café. Une habitude ancienne guidait ses pas sans qu'il en ait conscience, à la façon du cheval qui se dirige vers son écurire en traînant la voiture où son maître s'est endormi.

Lussan et son gendre vidaient une chopine. Ils étaient, pour l'heure, les seuls clients. Ils accueillirent le prêtre avec chaleur et Germaine Essoyes posa sur la table une bouteille de vin bouché.

— Celle que mon mari a promis pour fêter votre retour, Monsieur le Curé, et c'est de bon cœur que moi aussi, je vous l'offre.

M. Quettehou embrassa la Germaine sur les deux joues pendant que le boucher disait en rigolant :

— Profite-s-en, Jules, pendant que son Baptiste est pas là !

Il n'y a rien qui fasse rire comme les bonnes vieilles plaisanteries éprouvées au fil des générations. Les trois hommes trinquèrent et Jérôme, le gendre, conclut :

— Maintenant que vous êtes de retour, Monsieur le Curé, ça serait comme avant si le pauvre Paul...

Il ne put continuer sa phrase. On savait qu'Evres et lui étaient liés par une amitié venue de loin. Après un silence qui se prolongea, Lussan dit :

— On a beau se raconter des histoires, j'ai peur que les choses soient plus jamais comme avant.

Personne ne faisant écho à sa remarque, le boucher poursuivit :

— C'est plus fort que moi... On m'apporterait toutes les preuves que j'arriverais pas à prendre Paul pour un assassin !

— Pourtant...

— Je sais, Jules, je sais... et ce qui me cause le plus de peine, c'est que toi tu le défends pas... T'étais quasiment un père pour lui.

— J'ai tenté tout ce que j'ai pu.

— Alors, faut convenir que tu pouvais peu...

— Un reproche, Bernard ?

Les deux hommes se regardèrent avec un brin d'hostilité dans les yeux.

— Excuse-moi, Jules... Que veux-tu... Depuis l'arrestation de Paul, je manque d'appétit et je dors mal... Pourquoi ? Tu me demanderas... Et je te répondrai : parce que j'ai la certitude qu'il va payer pour un autre... Un autre que nous savons pas qui il est.

Le prêtre commençait à s'énerver.

— Moi aussi, j'ai été longtemps persuadé de son innocence. Moi aussi, je me suis battu pour lui, seulement tu me permettras de te rappeler que j'ai été drôlement récompensé.

— C'est pas lui qui t'a tiré dessus !... C'est pas possible !... Pour la Marguerite, L'Emile, je dis pas mais toi, non !... Et pas la Stéphanie non plus... Paul était le seul que cette vieille toupie aimait bien... Tiens, si tu veux le fond de mon idée, Jules, la Stéphanie, même qu'elle aurait su que Paul il était l'assassin, elle l'aurait pas dénoncé !

Jérôme qui n'avait guère ouvert la bouche jusque là, affirma tranquillement :

— Pour moi, la Stéphanie, elle avait découvert l'assassin et elle en a causé à personne. Avec son caractère, elle voulait que ça soye elle qui montrerait l'innocence de son cher Paul.

*
* *

M. Quettehou qui pensait avoir retrouvé la paix en retrouvant son village, son église, son foyer, devait déchanter. Rien n'était fini, ni pour lui, ni pour les autres. Sa bonne humeur si péniblement récupérée, ne pouvait pas résister à une pareille atmosphère. Selon son habitude, il s'en ouvrit à Agathe.

— J'ai le sentiment qu'ils sont tous contre moi.

— Des idées que vous vous faites !

— Non, non... Au début, ils me reprochaient de ne pas admettre la culpabilité de Paul et maintenant, ils me reprochent de l'avoir acceptée trop facilement.

— Vous avez qu'à pas vous occuper d'eux !

— Je ne peux pas !

— Et pourquoi ?

— Parce que je commence à me demander s'ils ont vraiment tort.

— Qui ça, ils ?

— Maria, Bernard... Jérôme... C'est vrai, tu sais, que Paul m'aimait et qu'il était le préféré de Stéphanie.

Ayant besoin de parler de ce qui lui pesait sur le cœur, le curé rapporta à Agathe sa conversation avec Maria, puis la discussion ayant eu lieu au café. Il conclut :

— Je suis fatigué, ma vieille, tellement fatigué que je m'interroge pour décider si je ne devrais pas solliciter une place dans une de nos maisons de retraite...

— Et moi, qu'est-ce que je deviens, alors ?

— Tu feras comme moi !

— Jamais de la vie ! Je préférerais partir sur les routes comme les pirourous (1).

M. Quettehou dut consoler la servante.

— Je disais ça pour plaisanter... Tu sais bien qu'on est attelé au même joug et qu'on ira ensemble jusqu'au bout du sillon... Et maintenant, dis-moi, Agathe, tu crois qu'ils ont raison ?

— Je peux pas répondre à votre question... Pas plus que vous répondriez à la mienne.

— La tienne ?

— Comment la Stéphanie a-t-elle appris le nom de l'assassin ?

*
* *

Chaussé de gros souliers, un bâton à la main, M. Quettehou quittait Baroquier-la-Benoîte. Un peu après avoir laissé derrière lui les dernières maisons du village, il rencontra Valentin Meslay qui allait à la mairie où il passait chaque matin.

— Fichtre ! Monsieur le Curé, vous êtes équipé comme pour une randonnée...

— J'ai envie de respirer un bon coup.

— Faites quand même attention à votre bras.

— Je ne suivrai que les sentiers sans embûche... Quoi de nouveau dans tes paperasseries ?

— Rien de particulier... Sauf que je m'y noie un peu plus tous les jours... A propos le Conseil Municipal se réunit demain soir... Je vais proposer de payer les services d'un bon avocat pour Paul... J'aurais besoin de vous.

(1) Rétameurs ambulants.

— Je viendrai et, d'avance, je te dis merci pour ce que tu fais.

Le prêtre ne rentra que le soir complètement fourbu et Agathe le querella pendant plus d'une heure sans qu'il réagisse.

*
* *

Ce vendredi, M. Quettehou, fatigué par sa promenade de la veille, se leva une heure plus tard que de coutume. Agathe qui boudait depuis que son maître lui avait refusé toute explication sur sa trop longue promenade, ne put plus y tenir.

— Si vous avez quelque chose contre moi, dites le à la fin des fins !

Il prit cet air sournois qu'elle détestait.

— Je t'assure que tu n'es en rien mêlée à mes soucis.

— Alors qu'est-ce que vous avez à être si triste ?

— As-tu oublié que c'est un vendredi qu'est mort notre Seigneur ?

— Ça alors !

Une telle mauvaise foi la déconcertait au point de la renvoyer à sa bouderie et la journée, maussade, parut à la servante ne devoir jamais finir. Un peu après le dîner, M. Héné se présenta et M. Quettehou l'entraîna tout de suite au jardin. Humiliée qu'on parut se méfier d'elle, Agathe grimpa s'enfermer dans sa chambre. L'inspecteur dut sonner à plusieurs reprises pour que le prêtre se décidât à venir lui ouvrir :

— Excusez-moi... Je croyais qu'Agathe... Je ne sais où elle est passée.

Alors, d'en haut, une voix glapit :

— Je me suis couchée puisque je gêne à ce qu'il paraît !

Le curé n'insista pas et emmena son nouvel hôte rejoindre l'instituteur. Le policier s'enquit :

— Qu'est-ce qu'il vous a pris de me convoquer à une heure pareille ?

— Je souhaite que vous assistiez, en ma compagnie et avec M. Héné à la séance du Conseil Municipal qui va commencer dans quelques instants.

Le policier n'eut pas le temps de se fâcher, déjà M. Quettehou décidait :

— Allons !

*
* *

A part les vieux ne pouvant plus se traîner, tous les hommes de Baroquier-la-Benoîte occupaient les bancs rangés le long des murs de la salle de la mairie où le Conseil Municipal, au complet, se tenait. L'arrivée du curé et de ses deux invités suscita des remous. On ne comprenait pas la présence du policier dans un débat qui ne le regardait en rien.

Le dernier coup de neuf heures tombé du clocher de l'église, le maire se leva, réclama le silence et exposa le but de sa réunion : venir en aide au malheureux Paul Evres dont les actes abominables ne pouvaient faire oublier le bon compagnon d'avant sa folie. Et puis, il fallait aussi penser à Maria qui ne méritait pas le sort devant être le sien. Le Conseil Municipal, unanime, se déclara prêt à payer un avocat et chargea le maire d'entrer en contact avec un des maîtres du barreau stéphanois. Valentin remercia ses collaborateurs et demanda au public s'il acceptait de contribuer aux dépenses devant être engagées. Tous levèrent le bras en signe d'acquiescement, sauf le curé et le policier. De la part de ce dernier, la chose apparaissait normale, mais de la part de M. Quettehou... Répondant à l'attention générale, le premier adjoint, Bernard Lussan, dit :

— T'es pas d'accord, Jules ?

— Non.

Les exclamations, les chuchotements obligèrent le maire à réclamer de nouveau le silence et celui-ci revenu, le boucher s'enquit :

— Tu peux nous expliquer pourquoi ?

— Paul n'a pas besoin d'avocat.

— Parce que ?

— Parce qu'il n'est pas coupable.

Le policier ne broncha pas et Lussan devina qu'il participait avec le curé et sans doute l'instituteur, à une pièce dont il connaissait les rôles. Par contre sur les bancs, et autour de la table du Conseil Municipal, on s'agitait ferme. Le prêtre leva sa masse imposante :

— Ecoutez-moi, mes amis... J'ai commis la même erreur que vous. Je n'ai jugé que sur les apparences. Sous prétexte que, chaque soir ou presque, Marguerite Touques se rendait chez l'instituteur, nous nous sommes persuadés qu'elle était sa maîtresse. C'est faux et j'ai adressé mes excuses personnelles à M. Héné qui a eu la bonté de les accepter. Nous étions au courant, car ils ne s'en cachaient pas, de la passion de Paul et d'Emile pour la petite Touques. Quand l'autopsie nous a révélé qu'elle était enceinte et lorsque M. Héné m'a appris que les visites de la future victime n'avaient pour but que d'apprendre le recours que la loi lui apportait contre le père de son enfant et tenter de parfaire une instruction bien négligée, j'aurais dû comprendre tout de suite : Emile et Paul ne pouvaient être coupables. Emile, père du bébé que portait Marguerite, eut volontiers épousé la demoiselle et ce mariage eut comblé ses vœux. Emile est mort parce qu'il avait vu le meurtrier mais il n'avait pas établi immédiatement le rapport entre le crime et la présence insolite d'un homme de ce village près du lieu du crime. Quand il a compris, il a eu peur de parler et lorsqu'il s'y est décidé, c'était trop tard. En ce qui concerne Paul, il aimait trop Marguerite pour la tuer.

Maria était au courant de la folie de son mari. Au point où il se trouvait, je pense que Paul, aussi fou que cela puisse vous paraître, aurait été heureux d'avoir un enfant de celle qu'il adorait. Paul vit un peu en marge de la réalité et vous ne l'ignorez pas.

Jérôme Châtel remarqua :

— Pour Emile, je crois que tout le monde est d'accord, mais pour Paul, ce que vous nous avez raconté, Monsieur le Curé, n'est pas une preuve.

— J'y viens, Jérôme, j'y viens. J'ai eu tort, et je m'en confesse publiquement, d'avoir oublié l'affection que me portait Paul. Jamais il n'aurait essayé de me tuer... A moins d'être perdu de Dieu, on ne tue pas son père et pendant vingt ans, j'ai été le père spirituel de Paul...

Châtel secoua la tête.

— C'est toujours pas une preuve...

— La preuve, Jérôme, c'est Stéphanie. Tous, vous savez qu'à Baroquier-la-Benoîte, Paul était le seul dont elle n'ait jamais rien dit. Il pensait toujours à elle et à son isolement lors des fêtes... Ce n'est que de lui qu'elle acceptait de menus cadeaux lui montrant que dans le village, il y en avait au moins un qui ne la détestait pas. A la réflexion, ce qui m'a frappé lorsqu'elle est venue me trouver dans ma chambre, à l'hôpital, c'est la joie mauvaise qu'il y avait dans ses yeux au moment où elle me confiait connaître l'assassin. J'ai eu le sentiment qu'elle savourait déjà sa vengeance. Je vous le demande, mes amis, aurait-elle voulu se venger de Paul ? Aurait-elle eu du plaisir à envoyer aux travaux forcés le garçon dont l'absence la rendrait définitivement à sa solitude ?

Il se fit un grand silence puis, Châtel acquiesça :

— Je pense que vous avez raison, Monsieur le Curé. Un murmure approbateur souligna les paroles du boulanger. Essoyes, le cafetier, posa la question que tout le monde eut voulu formuler :

— Qui c'est, alors ?

D'une voix grave qui, par instants avait des failles M. Quettehou répondit :

— Il se tient, ce soir, dans cette salle, parmi nous.

Sauf ceux qui n'étaient plus en âge de s'intéresser encore aux filles, ils se mirent à se regarder d'un drôle d'air les uns les autres. Le policier se leva et s'en fut se placer devant la porte. M. Quettehou reprit :

— J'ai, involontairement, lancé M. L'Inspecteur sur une fausse piste, car il croyait que je connaissais tout mon monde, je le croyais aussi et j'ai péché par vanité... A cause de moi, un innocent, une innocente ont vécu un véritable calvaire... Même leur pardon n'apaisera pas mon remords.

Quelqu'un cria :

— Le nom !

— Je préférerais qu'il se dénonçât lui-même, en homme courageux plutôt que d'avoir à désigner la brebis galeuse de mon troupeau.

On entendit le rythme des respirations s'accélérer.

— J'aurais dû comprendre dès le début... Pour que personne n'ait été au courant des amours secrètes de Marguerite, il fallait admettre que ses rencontres avec son complice ne pouvaient attirer l'attention... Afin d'expliquer cette anomalie, il n'y avait que deux hypothèses : ou le père de son enfant était à Saint-Etienne, mais dans ce cas pour quelles raisons eût-elle refusé d'en révéler le nom à M. Héné ? Ou il vivait à Baroquier-la-Benoîte...

Le curé se tut puis :

— Je t'en supplie, ne m'oblige pas à te désigner... Repends-toi devant tous... A défaut de pardon, tu auras droit à notre fraternelle pitié...

Nul ne pipant mot, le prêtre se résigna :

— Quel homme marié, Marguerite avait-elle la possibilité de rejoindre tous les jours, sans choquer les plus malveillants esprits ? Personne, sinon toi, Valentin.

Livide, le maire se dressa dans un tumulte de cris, de protestations et Lussan dut hurler :

— Taisez-vous, N... de D !... Valentin..

— C'est... c'est scandaleux... une honte !... je... je porterai plainte !

M. Quettehou secoua tristement la tête :

— Mon pauvre Valentin, tu me fais penser au poisson qui a mordu à l'hameçon et qui se débat pour rien...

L'instituteur remplaça le policier près de la porte et M. Rulles s'approcha du maire. Le curé continua :

— Il fallait que je sois borné pour ne pas deviner le jour où M. Héné m'avait dit que Marguerite Touques n'avait jamais suivi de cours et qu'elle était d'une ignorance crasse, incapable d'écrire correctement une lettre alors que tu me vantais son savoir et son mérite... Les lettres, c'est toi qui les tapais, Valentin...

Peu à peu, ceux qui l'entouraient, s'écartaient du maire.

— Ta grande faute, Valentin, ce fut ton alibi de Laversanne. Tu n'y es pas allé car alors tu aurais su que ce jour-là, le marché n'avait pas eu lieu et c'est cela que Stéphanie avait appris en se rendant chez sa sœur. Ta seule excuse tient à ce que la petite voulait te faire chanter au risque de détruire ton ménage. Tu l'aimais bien, mais tu aimais encore plus tes sous et ta tranquillité.

Le maire, affalé sur la table, pleurait, la tête dans ses bras repliés. L'inspecteur lui posa la main sur l'épaule.

— Valentin Meslay, au nom de la loi, je vous arrête pour meurtres et tentatives de meurtre...

En passant devant le curé, le criminel murmura :

— Pardon... Je vous en voulais pas mais... Mais j'avais peur... Si peur...

— Je sais.

— Emile, je regrette et Paul... Mais la Marguerite et

la Stéphanie, elles pensaient qu'à me causer des misères...

— En ce qui me concerne, je te pardonne, Valentin... Pour les autres... Il te faudra demander pardon aux hommes et à Dieu...

D'un geste, M. Quettehou bénit l'assassin. In nomine Patris...

*
* *

Le prêtre et son ami Lussan se dirigeaient vers la cure dans cette nuit où Baroquier-la-Benoîte ne connaîtrait pas le repos.

Le boucher dit :

— Grâce à toi, Jules, nous sommes sortis du cauchemar.

— Mais du mien, qui me sortira, Bernard ?

— Je vois pas en quoi...

— Si je ne m'étais pas cru plus fort que tout le monde, j'aurais compris beaucoup plus vite et Stéphanie sûrement, Emile peut-être, ne seraient pas morts... Par exemple, on me tirait dessus quand je t'avais confié combien mes soupçons se précisaient... Pourquoi n'ai-je pas deviné que le premier-adjoint, que tu es, toi, Bernard, rapportait nos entretiens au maire ? Ces attentats contre ma personne tendaient à souligner la culpabilité de Paul mystérieusement averti de ma démarche. Jamais je ne me pardonnerai ma cécité.

Devant la porte de la cure, les deux amis se séparèrent et Lussan promit :

— Maria doit déjà être prévenue... On va préparer une belle réception à Paul... Peut-être qu'il nous pardonnera...

— Espérons-le...

— Dans sa chambre, au lieu de se coucher, M. Quettehou s'agenouilla sur le prie-Dieu lui servant, à l'ordinaire, de porte-habits, et pria jusqu'à l'aube, pour les deux femmes qui, ne se doutant encore de rien, dormaient dans leurs beaux lits cossus du Roucas. Elles apprendraient trop tôt que le maître du domaine ne reviendrait plus.

*
* *

Le lendemain, sa tâche accomplie, Rulles prenait congé du commissaire Villaran qui avait mis un bureau à sa disposition à l'Hôtel de Police, pendant son enquête.

— Les journaux de Saint-Etienne sont unanimes à chanter vos louanges, inspecteur...

— Ce bon curé de Baroquier-la-Benoîte a eu quand même bien de la chance que le coupable se soit effondré car il n'avait aucune preuve capable de convaincre un jury, seulement des présomptions.

— Vous ne pensez pas, Monsieur Rulles, que vous aussi avez bien de la chance que M. Quettehou ne se soucie guère de la gloire temporelle ?

L'inspecteur parti, le commissaire s'offrit un cigare car, en bon Stéphanois, il était heureux d'avoir mouché un Lyonnais.

Le Club des Masques

BAHR E.J.
493 L'étau

BARNARD Robert
535 Du sang bleu sur les mains
557 Fils à maman *(sept. 88)*

CASSELLS John
465 Solo pour une chanteuse *(juil. 88)*

CHRISTIE Agatha
(86 titres parus, voir catalogue général)

CURTISS Ursula
525 Que désires-tu Célia ?

DIDELOT Francis
524 La loi du talion
488 Le double hallali *(nov. 88)*

ENDRÈBE Maurice Bernard
512 La vieille dame sans merci
543 Gondoles pour le cimetière

EXBRAYAT
(96 titres parus, voir catalogue général)

FERM Betty
540 Le coupe-papier de Tolède

FERRIÈRE Jean-Pierre
515 Cadavres en vacances
536 Cadavres en goguette

FISH et ROTHBLATT
518 Une mort providentielle

FOLEY Rae
517 Un coureur de dot
527 Requiem pour un amour perdu

GILBERT Anthony
505 Le meurtre d'Edward Ross

HINXMAN Margaret
542 Le cadavre de 19 h 32 entre en gare

KRUGER Paul
463 Au bar des causes perdues
513 Brelan de femmes

LACOMBE Denis
456 La morte du Causse noir
481 Un cadavre sous la cendre

LANG Maria
509 Nous étions treize en classe

LEBRUN Michel
534 La tête du client

LONG Manning
519 Noël à l'arsenic
529 Pas d'émotions pour Madame

LOVELL Marc
497 Le fantôme vous dit bonjour

MARTENSON Jan
495 Le Prix Nobel et la mort

MONAGHAN Hélène de
452 Suite en noir
470 Marée noire
502 Noirs parfums

MORTON Anthony
545 Le baron les croque
546 Le baron et le receleur
547 Le baron est bon prince
548 Noces pour le baron
549 Le baron se dévoue
550 Le baron et le poignard
552 Le baron et le clochard
553 Une corde pour le baron
554 Le baron cambriole
556 Le baron bouquine
558 L'ombre du baron
560 Le baron riposte
563 Le baron voyage
565 Le baron est prévenu
559 Le baron passe la Manche
566 Le baron et les œufs d'or
567 Un solitaire pour le baron
569 Le baron aux abois
570 Le baron et le sabre mongol
571 Le baron et le fantôme
573 Larmes pour le baron
574 Une sultane pour le baron
579 Piège pour le baron
580 Le baron risque tout
581 Le baron et le masque d'or

PICARD Gilbert
450 Demain n'est qu'une chimère

RATHBONE Julian
511 A couteaux tirés

RENDELL Ruth
510 La danse de Salomé
523 La police conduit le deuil
551 Le petit été de la St. Luke

RODEN H.W.
526 On ne tue jamais assez

SALVA Pierre
475 Le diable dans la sacristie
484 Tous les chiens de l'enfer
503 Le trou du diable

SAYERS Dorothy L.
400 Les pièces du dossier

SIMPSON Dorothy
533 Le chat de la voisine

STOUT Rex
150 L'homme aux orchidées

STUBBS Jean
507 Chère Laura

SYMONS Julian
458 Dans la peau du rôle

THOMSON June
521 La Mariette est de sortie
532 Champignons vénéneux
577 Pas l'un de nous

UNDERWOOD Michaël
462 L'avocat sans perruque
531 La main de ma femme
538 La déesse de la mort

WAINWRIGHT John
522 Idées noires *(déc. 88)*

WILLIAMS David
541 Trésor en péril *(oct. 88)*

IMPRIMÉ EN FRANCE PAR BRODARD ET TAUPIN
Usine de La Flèche (Sarthe).
ISBN : 2 - 7024 - 1691 - 8
ISSN : 0768 - 0384

H 31/0699/4